KB063515

To.

_____

당신의 회복을 기원합니다.
마음속 깊이!

_____

_____

_____

_____

_____

From.

_____

# RECOVERY

The Lost Art of Convalescence

GAVIN FRANCIS

나의 선생님들을 위해
(다른 말로, 나의 환자들을 위해)

나는 요양이 즐겁다.
아파보는 것도 가치가 있다는 걸
알려주기에.

— 조지 버나드 쇼 —

# 회복의 기쁨

개빈 프랜시스 지음 • 임영신 옮김

인간희극

# 목차

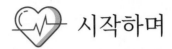 시작하며

이 책은 아픔과 회복, 치유와 요양에 대
한 이야기이다. 나는 서양 의학의 관점에서 인
체를 공부한 일반의이며, 따라서 이 책에 쓴 견
해는 서양 전통 의학에 기반을 두고 있다. 아픔
은 질병만큼이나 문화와 관련 있으며, 신체에 대
한 우리의 생각과 기대는 아프게 되는 이유뿐
아니라 회복으로 가는 과정에도 큰 영향을 미친

다. 페로스 제도의 농부, 태국의 기술자, 페루의 택시운전사, 수단의 교사는 신체와 건강에 관한 관습이 각기 다를 것이며 회복되는 과정도 비교적 다양할 수 있다.

이 책에 나오는 내용은 21세기를 사는 유럽의 한 일반의가 특정 전통 의학의 관점에서 본 회복과 요양에 관한 탐구이다. 나는 신체와 아픔을 다루는 다른 방법들의 가치와 장점을 인정하지만 그와 관련된 논의는 그 활용법을 공부한 이들에게 맡기겠다.

이 책에서 소개되는 이야기들은 환자의 비밀이 공개될 위험이 없을 정도로 흔하게 접할 수 있거나, 개인 정보를 전혀 알 수 없도록 각색

되었다. 비밀 유지는 곧 신뢰이다. 누구나 언제든 환자가 될 수 있으므로 환자의 사생활 보호에 대해 모든 사람이 신뢰할 수 있게 되기를 바란다.

# 잃어버린 회복의 기술

1

나는 열두 살 때 어이없는 사고를 당했
다. 시내에서 친구와 함께 자전거를 타고 집으로
가던 중이었는데, 집채 만한 트럭이 내 옆으로 바
짝 붙어 지나가는 바람에 나도 모르게 자전거 핸
들을 홱 틀었다. 순식간이었다. 넘어지지 않으려
고 왼발을 내딛는 순간 도로 연석에 뒤꿈치를 세
게 부딪쳤고 그 충격으로 나는 인도 쪽으로 나가
떨어졌다. 흩날리는 먼지 속에서 살았다는 사실
에 가슴을 쓸어내린 것도 잠시, 다리가 똑바로 펴
지지 않았다. 그렇게 트럭은 그냥 지나가버렸다.

친구는 자전거를 타고 도움을 청하러 갔고, 한나절 같았던 20여 분이 지난 후 엄마가 와서 나를 병원으로 데려갔다. 엑스레이를 찍어 보니 정강이뼈 제일 윗부분인 경골 고평부가 골절되면서 뼈 한 조각이 무릎 관절 뒤쪽에 박혀 있었다. 나무토막 하나로 육중한 문을 잠글 수 있듯 작은 뼛조각이 내 무릎을 구부린 상태로 고정해 놓고 있었던 것이다.

나는 수술실로 옮겨졌다. 의사는 마취가 된 내 무릎을 여러 번 세게 잡아당기며 부러진 뼈를 제자리로 돌려놓았다. 다리에는 석고붕대가 둘러졌고 나는 목발을 받은 뒤 가을에 다시 내원하라는 말을 들었다.

열두 살짜리가 여름 방학 내내 깁스를 하고 있어야 했으니 고생이 이만저만이 아니었지만, 깁스를 풀고 난 후부터가 회복으로 가는 진정한 여정의 시작이었다. 다리는 변해 있었다. 무릎은 둥글넓적해진 반면 허벅지와 종아리는 영양실조에 걸린 듯 나뭇가지처럼 앙상했다. 깁스 안에서 자라난 가는 털은 이제 뼈만큼이나 허옇게 된 피부에 비해 징그러울 만치 검게 나 있었다. 드디어 걸음을 뗀 순간 다리가 휘청거리더니 나는 그대로 주저앉고 말았다.

수개월 동안 지겹고도 혹독한 운동을 통해 근육이 붙고 나서야 다시 내 다리를 되찾은 듯했다. 재활 치료는 의사가 하지 않고 내가 기억하기로는 눈이 부실 정도로 밝은 조명에 깔끔하게 관리된 벤치와 웨이트 도구, 스트랩, 월바가 있는 곳에서 쾌활한 물리치료사 두 명이 담당했다. 나는 바닥에서 나던 독특한 소독약 냄새와 오토바이 사고로 다리가 부러져 병동에서도 만난 적 있었던 재활치료실의 또 다른 단골손님이 기억난다. 덩치가 컸던 이 남자는 까만색 수염이 까칠하게 나 있었고 한쪽 귀에 작은 금색 링 귀걸이를 하고 있었다. 둘이 똑같이 발목에 모래주머니를 차고 땀이 날 정도로 끙끙대며 다리를 들어 올리는 도중에 그는 내가 자기보다 더 빨리 회복하고 있다며 장난스레 말했다.

그때의 회복기를 떠올리면 집에서 늘 햇

살 아래 책을 읽거나 머뭇머뭇 시작한 재활 운동을 나중에는 좀 더 자신 있게 하며 보냈던 오후가 생각난다. 정원에서 새가 지저귀는 소리와 멀리서 지나가는 자동차 소리, 집 뒤편 보리밭 사이로 부는 바람 소리가 가득한 나날이었다. 12년 동안 끊임없이 몸을 움직이다가 꼼짝도 않고 있으려니 어색했고, 마치 사고와 함께 시간도 휘어져 버린 듯했다. 내 삶의 흐름은 그대로 멈췄으나 이렇게 멈췄던 덕분에 나는 나을 수 있었다.

난 이미 회복의 경험이 있었다. 12살이 되기 2~3년 전쯤, 아침에 눈을 떴는데 머리가 지끈

지끈하고 속이 울렁거렸다. 그 순간 '머리를 베개에서 뗄 수 없었다'라는 말이 무슨 말인지 알게되었다. 지긋한 연세의 인자한 보건의가 우리 집으로 와 나를 한 번 보더니 뇌수막염이 의심된다며 차로 한 시간 거리에 있는 전염병 전문 병원으로 가보라고 했다. 나는 그곳에서 확진 판정을받았고, 큰 창문으로 나무가 보이고 오후의 햇살이 들어오는 입원실에서 여덟 밤을 보냈다.

내 기억 저편에는 의사에 대한 이미지는 남아 있지 않고, 하늘색 간호복에 머리를 올려묶은 채 미소를 가득 머금은 간호사와 철제 침대 프레임, 눈부신 흰색 침대보, 그리고 역시나바닥에서 났던 소독약 냄새가 생각난다. 병실

안쪽 벽면의 창문은 간호사실로 나 있어서 부모님이 안 계실 때에도 나는 늘 관찰되고 있었다. 엄마와 아빠가 번갈아 가며 거의 하루 종일 내 곁에 계셨지만 부모님은 우리 두 형제를 같이 돌봐야 했기 때문에 부모님이 오시길 기다리며, 그리고 집에 갈 날을 기다리며 적막 속에서 혼자 보내는 시간도 많았다.

　　다리를 다쳤을 때는 다리를 내려다보며 '여기가 문제군, 바로 여기가 문제야'라고 하면서 회복이 필요한 부위를 대상화할 수 있는 듯했다. 재활 치료는 힘들었지만 진척 상황이 허벅지 굵기와 피부 색깔을 통해, 혹은 반대편 건강한 다리와의 비교를 통해 눈으로 보였다. 하지만 뇌수막염은 회복이 되고 있는지 아닌지 알기 훨씬 어려웠고 회복이 다 되었는지도 분명하지 않았다. 나는 늘 몽롱한 채로 축 처져 있었고 뿌옇게 눈부신 꿈이나 환각에 시달렸다. 몸은 회복되고 있었지만, 마치 육체를 떠나 이 세상에 있지 않은 듯한 정신 또한 몸만큼이나 회복의 시간이 필요했다. 지금 돌이켜 생각해 보니 회복은 대단히 복잡한 과정이며 그 과정은 질병마다, 사람마다 아주 다른 형태를 띨 수밖에 없음을 나는 이때 처음 경험했다.

다리가 다 낫고 6년이 흐른 뒤, 나는 의사가 되기 위해 의대에 입학했다. 그로부터 10년

후, 나는 보통 부주의한 운전이나 추락사고, 싸움 등으로 다친 젊은이들을 비롯하여 환자들이 끊임없이 들어 오는 뇌손상 파트에서 수련의로 일하고 있었다. 환자들의 뼈는 참 빠르게 회복되는 반면, 뇌는 회복되기까지 시간이 오래 걸렸다. 일단 혈전이 제거되고 혈압이 안정을 되찾고 두개골을 철심으로 고정시켜 1차적인 대처가 끝나면 환자들은 수개월간 머물게 될 재활 병동으로 이동해 ADL<sup>Activities of Daily Living</sup> 치료로 알려진 목욕, 옷 갈아입기, 요리 등 일상생활의 기본 동작을 점차 훈련한다. ADL 치료에는 걷기나 말하기를 다시 배우는 훈련도 포함될 수 있다.

영어 단어 'rehabilitation(재활)'은 '알맞게

만들다'라는 뜻을 지닌 라틴어 'habilis'에서 유래되어 '다시 굳건히 일어서고, 단단하게 만들고, 견고해지다'라는 재건의 의미가 있다. 그러니 재활의 목적은 환자를 최대한 건강하게 만들어 스스로 두 발로 딛고 일어설 수 있게 하는 것이다. 그런데 환자를 돌보는 임상의에게는 회복이 궁극적인 목표임에도 불구하고 보통 의학 교과서의 색인에는 왜 '회복'이나 '요양'과 같은 단어들이 빠져 있는지 의아할 뿐이다. 오래 전인 1920년대에 버지니아 울프Virginia Woolf는 에세이 ≪아프다는 것에 대하여On Being Ill≫에서 아픔에 대한 글이 거의 없다며 왜 아픔은 문학의 주요 주제로 사랑, 투쟁, 질투와 함께 인정받지 못하는지

참으로 이상하다고 썼다. 100년의 시간이 흘러 이제는 아픔을 주제로 한 문학 작품을 종종 볼 수 있으니 울프의 주장은 더 이상 유효하지 않게 되었다. 하지만 회복에 대한 문학 작품은 여전히 부족한 것 같다.

내가 배운 의학에서는 주로 고비를 넘기고 나면 신체와 정신은 스스로 치유하는 방법을 찾는다고 가정한다. 여기에 관해서는 왈가왈부할 것이 거의 없다. 하지만 나는 보건의로 20년 가까이 지내면서 그와 반대로 회복 기간 내내 지도와 격려가 반드시 필요할 수도 있다는 사실을 자주 발견했다. 이상하게 보이지만, 환자들은 회복에 필요한 시간을 내기 위해 허가를 받아야 하는 경우가 많다. 아픔은 단순히 생물학의 문제가 아니라 심리학과 사회학의 문제다. 우리는 어떻게 보면 지난날의 경험과 기대치에 지대하게 영향받아 아프게 되고, 회복으로 가는 과정도 마찬가지라고 할 수 있다. 나는 내 환자들에게 굉장히 많은 도움을 줬던 간호사, 물리치료사, 작업치료사에게서 정말 많이 배웠고, 아직도 배울 것이 많다는 사실을 늘 명심하고 있다.

뇌손상 파트에 있는 치료사들은 회복이 결코 수동적 과정이 아니란 사실을 알고 있었다. 회복의 리듬과 속도는 보통 느리고 부드럽지만, 회복은 하나의 '행위'이며 우리는 그 행위를 위해 존재하고, 참여하고, 헌신해야 한다. 치유되어야 하는 부분이 부상을 입은 무릎이나 두개골이든, 바이러스에 감염된 폐든, 뇌진탕으로 손상된 뇌든, 심한 우울증을 앓는 마음이든 나는 환자들에게 치유의 과정은 중요하며 그 과정에 충분한 시간과 노력을 들여야 한다고 이야기한다. 우리는 회복의 단계에서 주변 환경에 신경 써야 하며, 자연과 자연 세계의 중요성을 찬양하고, 회복을 앞당길 수 있는 환경의 역할을 인지해야 한다. 내가 수년간 알고 지낸 많은 환자들은 견디기 아주 힘든 아픔의 여정조차 이해하는 방법을 찾아내곤 했다. 질병이나 장애가 치료될 수 없다 하더라도 더 큰 존엄성과 자율성이 있는 삶을 꾸려나간다는 의미에서 환자는 회복될 수 있다.

고통에는 서열이 없으므로 어떤 아픔은 위로를 받을 만하고 또 어떤 아픔은 대수롭지 않다고 말할 수 없다. 나는 사랑하는 사람과 헤어져 수년 동안 슬픔에서 빠져 나오지 못하던 환자들도 봤고, 신체를 불구로 만든 부상과 고통, 굴욕감, 자립성의 상실을 수월하게 극복하는 환자들도 봤다. 자신이 남들보다 더 심각한 병을 앓는다고 억울해 하거나 더욱 힘든 상황에 처한 다른 이들을 보면서 자신의 아픔을 깎아내리기 십상이지만 비교는 아무 도움도 되지 않는다. 또한 회복을 위한 시간을 계획하는 데 조급해서는 안 되며, 차근차근 달성할 수 있는 목표를 세우는 것이 더욱 중요하다.

의사로서, 나는 환자들에게 어떤 식으로든 지금보다 나아질 수 있다고 말하면서 그들을 안심시켜 주는 것이 전부일 때가 가끔 있다. 환자의 생물학적 상태는 나아지지 않을지 모르나 상황은 개선될 수 있다고 나는 장담한다.

뒤이어 나올 내용은 내가 병을 앓으면서, 그리고 30년간 의학을 공부하고 의료 활동을 하면서 얻은 회복과 요양에 관한 성찰이다. 배움과 깨달음에는 끝이 없지만, 이 중에는 내가 일을 시작했을 때 알았으면 좋았을 것들이 많이 있다. 모든 질병은 제각기 다르므로 회복의 과정 또한 어떤 의미로는 모두 달라야 하지만, 수많은 질병의 풍경에서 수년간 나와 내 환자들을 잘 이끌어 주었던 회복의 원칙과 그 여정의 중간 기착지를 제시하려 노력했다. 머지않아 우리 모두 가야 할 곳이니 회복의 기술을 미리 배워 두면 좋을 것이다.

# 병원과 회복

2

회복을 위해서는 시간뿐 아니라 안전한 공간도 필요하다. 병원이 거의 없었던 200~300년 전에 사람들은 주로 전염병에 걸려 아팠고, 회복을 위한 시간을 낼 수 있다면 그냥 집에서 쉬는 게 고작이었다. 그러나 19세기를 거치며 침대 제공과 몇 가지 기본 위생 조치가 환자의 생존 가능성을 올린다는 사실이 더욱 분명해지면서 1800년에서 1914년 사이 2곳뿐이었던 미국의 병원 수는 500곳 이상으로 증가했고, 1860년에서 1980년 사이 영국 병원의 병상 수는 네 배 증가했다. 대서양 양편에서 급증한 이 병원들은 플로렌스 나이팅게일Florence Nightingale이 제창한 원칙에 따라 세워졌는데, 나이팅게일은 1859년에 출간된 저서 ≪간호론Notes on Nursing≫에서 병원은 환기, 채광, 난방, 청결, 소음을 적절히 관리하고 영양가 있는 식사를 제공해야 한다고 썼다. 또한 현대 연구를 통해 밝혀진 권고안과 마찬가지로 창문은 푸르고 생기 가득한 곳을 향해 나 있어야 한다고 생각했다. 나이팅게일은 회복에 가장 큰 영향을 미치는 요인을 파악하기 쉽게 생존율을 도표화하는 방법을 개발했으며, 생명을 구하는 데 있어 의료적·수술적 개입만큼이나 훌륭한 간호가 중요하다는 점을 보여주기 시작했다.

총상보다 감염병으로 죽는 병사들이 더 많았던 시절인 1854년 11월, 간호사들을 이끌고 터키에 있는 야전병원에 도착한 나이팅게일은 위생상태가 나쁜 곳에서 죽어가고 있는 2,000명의 부상병을 보게 되었다. 그녀는 가장 먼저 청소솔 300개를 요청하고 간호사를 추가로 징발했다. 나이팅게일은 이런 자신을 '양말과 셔츠, 나이프, 포크, 나무 숟가락, 철제 욕조, 도표, 양배추와 당근, 수술대, 수건과 비누를 파는 잡화상'으로 표현하기도 했다. 나이팅게일이 도착했을 당시에는 병사 두세 명 중 한 명이 부상으로 죽어가고 있었지만 곧 사망률이 50분의 1로 떨어지자 나이팅게일의 노력을 탐탁지 않아 했던 군

사령관도 생각을 바꿨다. '힘을 기르다'라는 뜻의 단어에서 유래된 'convalescence(요양)'는 나이팅게일에게 이루 말할 수 없을 정도로 중요한 개념이었다. 그녀는 전염병을 퇴치하려면 전염병과 싸워 이겨낼 수 있도록 몸을 튼튼하게 하고, 상처 부위를 청결하게 유지하고, 치유에 도움이 되는 환경을 조성해야만 한다고 생각했다.

1879년부터 1900년까지 인류를 전염병에 시달리게 한 박테리아가 거의 해마다 하나씩 발견되었다. 전염병에 관한 생물학적 연구가 더욱 깊이 진행되면서 사망률은 떨어지기 시작했고, 후에 항생제가 발견되어 기적에 가까운 치료 효과를 발휘하면서 생존율은 더욱 치솟았다. 그렇게 20세기 후반을 지나며 훌륭한 간호가 회복에 꼭 필요하다는 생각은 점차 옅어지기 시작했다. 병상에 있는 시간은 비효율적이며 불필요하다고 여겨졌고, 일부 의사들은 올바른 처방전이면 충분하다고 생각했다.

오늘날 전 세계인의 평균 수명은 1900년보다 두 배나 늘었다. 하지만 20세기 후반을 지나며 노쇠한 몸으로 의존적인 삶을 수년 더 살아야 하는 사람들이 점점 더 많아지기 시작하면서 역으로 병상 수는 급감했다. 영국에서는 1988년 이후 병상 수가 30만 개에서 15만 개로 절반가량 줄었으며, 여러 선진국도 마찬가지이다. 보건의들은 더 이상 간호와 요양만을 목적으로 쇠약한 고령의 환자를 안전한 병실에 들여보낼 수 없게 되었다. 질병의 진단과 함께 가능한 한 빨리 환자를 다시 퇴원시키려는 계획 없이는 병원 문이 쉽게 열리지 않기 때문이다. 현대 의학으로 빠르게 발전되는 과정에서 우리는 중요한 것을 잃었다는 결론을 피하기 어려워 보인다.

이와 같은 추세는 정신건강 관리에서도 나타난다. '정신 병원'은 한때 휴식을 취할 수 있는 안식처라는 의미를 내포했지만, 현재는 병상이 워낙 없어서 환자 자신의 삶이나 타인의 삶을 위험에 처하게 할 만큼 정신적으로 불안한 환자들만 수용할 수 있다. 20세기 초반에는 터무니없이 사소한 이유로도 보호 시설로 보내지는 경우가 자주 있었던 반면, 이제는 내가 의사로서 환자의 고통을 덜어주기 위한 인도주의적 이유로 환자를 정신 병원에 입원시킬 수 없게 되었다. 시계추가 반대 방향으로 너무 멀리까지 가버린 지금, 입원을 하려면 오로지 안전과 관련된 이유가 있어야 한다.

회복을 위한 안전하고, 깨끗하고, 따뜻한 장소가 있다면 아무도 집을 놔두고 병원을 선택하지는 않을 것이다. 이 책을 쓰는 중에도 끝나지 않은 코로나19 팬데믹을 겪으며 우리는 의료와 건강관리 시스템에 생긴 균열을 봤고, 장기적으로 풀어야 할 여러 문제들을 짧은 시간 안에 고민해야 했다. 우리는 이러한 균열에 벽지만 덧

바르기보다 하나의 공동체로서 그 이상의 일을 할 기회를 얻었다. 그 일은 바로 회복을 위한 적절한 시간과 공간 제공의 중요성을 재발견하는 것이다.

# 뱀 사다리 게임

3

의학 교과서에서 '회복'이나 '요양'과 같은 제목은 아마 찾을 수 없겠지만 '바이러스 후 피로 증후군post-viral fatigue'은 볼 수 있을 것이다. 최초의 의학 기록들을 보면 몸을 쇠약하게 만드는 피로와 함께 늘 열fever이 언급되는 것으로 보아 감염병과 피로의 연관성은 고대 그리스 시대의 의사들도 잘 알고 있었던 것 같다. 나는 의사로 일하면서 감염병에 걸려 몇 주나 몇 달씩, 어떨 때는 몇 년씩 병상에 누워 있어야 하는 환자들을 본다. 왜 이런 일이 일어나는지는 대략적으로

만 이해된다. 신체는 병을 이겨내는 동안 몸 안에 비축해 둔 힘을 다 끌어써야 하기에 에너지를 잃지 않기 위해서라면 수단과 방법을 가리지 않는 것 같다. 심지어 잠깐 산책을 하거나 계단을 오르기만 해도 진이 다 빠질 정도로 신체는 우리의 노력감sense of effort을 조작한다. 2020~2021년 내내 코로나 사태를 겪는 동안 나는 코로나바이러스가 유발한 이런 종류의 피로를 오랫동안 겪고 있는 많은 환자들과 이야기를 나눴다.

그런데 신체적 노력을 기울이는 과정에서 한계를 극복하려 하지 않는다면, 우리가 할 수 있는 신체 활동의 종류와 양은 줄어들고 근육은 약해지기 시작한다. 그럼 환자는 신체적 활동을 하고 난 뒤면 늘 체력이 고갈되거나 통증이 재발하는 악순환의 굴레에 갇힐 수 있으며, 점점 더 적은 활동량에도 체력이 쉽게 고갈된다. 재활치료사들은 이를 '활동-고갈 사이클boom and bust cycle'이라 부르는데, 나는 늘 신체가 하는 '뱀 사다리 게임'을 떠올린다.

　　뱀 사다리 게임은 고대 인도에서 유래된 보드게임으로 플레이어는 주사위를 던져 나온 숫자만큼 앞으로 나아간다. 말이 사다리 칸에 도착하면 위 칸으로 한 번에 올라가고 뱀 칸에 도착하면 다시 아래 칸으로 떨어진다. 회복이라는 롤러코스터를 비유하기에 이만한 것도 없는 듯하다.

　　그러나 사실 인생은 게임이 아니며, 회복

의 과정 또한 앞으로 나아가기 위해 주사위만 던지면 되는 뱀 사다리 게임이 아니다. 진짜 인생의 칸을 오르내릴 때, 우리는 운에만 맡기지 않고 어느 정도는 스스로 선택하여 나아가며 그때마다 귀중한 경험을 얻는다. 우리는 다시 아파질 때마다 다음번에는 더 지혜롭게 우리를 안내해 줄 새로운 계기들을 깨닫게 되고, 새로운 전략들도 배운다.

사람들은 저마다의 속도로 회복하며 그 방법도 다르므로 회복은 비교의 대상이 될 수 없다. 회복이 천천히 진행되거나, 사람마다 장기적인 후유증이 다르게 나타나는 것도 정상이다. 바이러스 감염에 의한 후유증 또한 사람에 따라 다르겠지만 보통 호흡곤란, 집중곤란, 건망증, 감정변화, 불면증, 체중감소, 탈진, 근력저하, 관절강직, 환각flashbacks 등이 다양하게 나타날 수 있다.

이런 증상은 회복이 멈췄다거나 다시 뒷걸음질치는 증거가 아니라 정상적인 회복의 과정으로 여겨진다. 오히려 이런 증상이야말로 몸과 마음이 병에 대응하여 변화하고 있다는 증거이다. 변화가 있는 곳에 희망이 있다.

고대 그리스의 의사 갈렌Galen은 검투사들gladiators을 치료하는 의사였다. 예상했겠지만 호랑이와 대결하고 칼에 찔리거나 몽둥이로 머리를 얻어맞고도 살아남은 사람들을 치료하는 갈

렌의 머릿속은 온통 회복에 대한 생각뿐이었다. 그가 저술한 책들 중 한 권에는 부상을 입은 후 운동을 서서히 시작하는 방법이 상세히 설명되어 있으며, 구기 종목은 전신을 활용할 뿐 아니라 나이나 체력에 상관없이 할 수 있기 때문에 아주 훌륭한 신체 단련법이라고 적혀 있다. 또한 당대의 의사들이 종종 어떤 운동이 기운을 회복하는 데 제격인지를 두고 골머리를 썩이는 모습을 묘사하고 있다. 오늘날의 환자들에게서도 그런 모습을 자주 보는데, 스스로 활력과 피로를 얼마나 느끼는지, 자신의 체력은 어느 정도이고 그에 비해 활동량은 어떤지에 대해 충분히 관심을 기울이는 것이 굉장히 중요하다. 또한 회복을 위해서 우리는 신체의 언어를 새로 습득해야 하기에, 나는 사람들에게 신체 언어의 어휘를 배우라고 권장한다.

코로나 바이러스에 걸린 후 오랫동안 후유증을 앓고 있는 환자들에게 내가 나눠 주고 있는 작은 책자에는 앞서 말한 '활동-고갈 사이클' 접근법과는 정반대로 설명되는 '체력 안배 pacing'의 중요성이 강조되어 있다. 체력 안배는 자신의 활동량을 인지하여 지치지 않는 법을 배우는 것이다. 회복 중인 사람은 자신의 몸에 귀를 기울이는 방법을 배워야 에너지가 고갈되려 하기 전에 활동을 줄이거나 멈출 수 있다. 제때 멈추면 잠깐 휴식을 취한 후 더 빠른 시간 안에 활동을 다시 시작할 수 있을 것이다. 특히 호흡 곤란이 있거나 피곤할 때는 체력 안배가 더 중요해진다.

재활 물리치료사가 환자에게 적극 권장하는 다음과 같은 주요 방법들은 심각한 병을 앓았다가 회복 중인 사람이라면 누구에게나 해당하니 잘 참고하길 바란다.

- 하루 동안 규칙적으로 휴식을 취할 수 있도록 계획 세우기.
- 서두르지 않기.
- 소식하기.
- 식사 후 한 시간 내에는 아무것도 하지 않기.

- 호흡곤란 증상이 있다면 물리치료사에게서 호흡 조절법 배우기.

- 신선한 공기 마시기.

- 씻거나 옷을 갈아입거나 요리할 때도 집안 곳곳에 계획적으로 배치해 둔 의자에 자주 앉기.

- 목욕 후 물기를 닦는 일도 무리일 수 있으니 목욕 가운 사용하기.

- 보조기구를 사용함으로써 몸을 구부리거나 뻗는 행동 최소화하기.

- 당기지 말고 밀기, 들지 말고 바닥에서 밀어서 옮기기, 반드시 들어야 하는 상황이라면 허리는 곧게 편 상태로 무릎을 구부려서 들기.

- 한 번에 한 가지 일만 하기.

- 매일 작지만 달성 가능한 목표 자주 세우기.

# 회복을 위한 허가

4

에든버러에서 지역 보건의로 근무를 시작했을 때, 나는 어느 전임자에 대한 이야기를 전해 들은 적이 있다. 30~40년 전 1차 진료소에 의사가 한 명이던 시절, 격무에 시달리던 이 전임자는 진료 업무에 대한 부담을 덜기 위해 병가 진단서를 떼러 온 사람들의 요청을 신속하게 처리하는 방법을 생각해 냈다. 일주일 또는 한 달의 병가를 승인하는 서류를 매주 한 무더기씩 미리 서명해 놓고 회진을 간 사이 접수 담당자가 환자의 상태를 판단하여 적당한 병가 진단서를 배부하도록 했다. 그러자 뜻밖에도 접수 담당자에게 무례하고 난폭하게 굴었던 환자들이 하룻밤 사이 정중하고 공손해지는 유쾌한 효과가 나타났다.

보건의가 그 발급과 관련하여 거의 아무런 교육도 받지 않는 이 병가 진단서는 본질적으로 일하지 말고 휴식을 취하라는 처방전이다. 모순적이지만 법적으로 의사는 환자가 일할 능력이 있는지에 대한 판단을 정부에 제공해야 하면서도, 의료법에 따라 환자와 협력적으로 일하며 환자의 건강을 최우선으로 삼아야 할 의무도 있다. 즉, 환자를 치료하는 데 최선을 다해야 하는 의사의 직업적 목표는 환자에 대해 판단을 내려달라는 국가의 요청과 때로 상충한다. 의사의 역할에 내재되어 있는 이 모순에 대해 직업병 전문의 아드리안 매시Adrian Massey는 '의사는 끔찍한 심판이지만, 훌륭한 코치이기도 하다'라고 표현한다.

2013년 사회의식 조사에서 응답자의 80퍼센트 이상이 '근래에 복지수당을 부당 청구하는 사람이 많다'라는 말에 동의했다. 하지만 영국 정부의 조사 결과에 따르면 병가급여 청구 건수 중 1.7퍼센트만 허위이며, 그중 3분의 1은 순전히 실수로 과다 청구됐다고 한다.

나는 보건의 수련 첫해에 몸이 아팠다. 이미 병원에서 수년간 근무했고 응급의학 수련의 자격도 있었지만, 지역사회를 담당하는 의사로서 새로 주어진 임무를 위해 배워야 하는 여러 가지 강도 높은 문제가 큰 부담으로 다가왔다. 그러자 오랫동안 앓아왔던 부비강 질환이 갑자기 재발했고, 눈 뒤쪽부터 머리까지 이어지는 지끈지끈한 두통에 시달려 온몸에 힘이 남아나질 않았다. MRI 촬영 결과 수술이 필요했고, 수술까지 남은 몇 달 동안 보건의 수련을 계속 이어나가야 했다.

수술 날짜를 앞당기기 위해 내가 할 수 있는 일은 없었지만 피로와 스트레스는 조절할 수 있었다. 일을 완전히 그만두기보다는 근무 일수를 일주일에 3일로 줄여서, 일한 다음 날은 무조건 휴식을 취했다. 두통은 여전했으나 격일로 일하며 휴식의 시간을 가진 덕에 그나마 통증이 덜했다. 집에서 하루 동안 쉴 수 있다는 생각을 하니 병원에 있는 동안은 환자들에게 최선을 다할 수 있었다. 수련 기간은 늘어나 보건의 자격을 취득할 때까지 1년 이상이 걸리게 되었지만, 다른 사람이 만들어 놓은 일정대로 좇아가다가 쓰러지기라도 하면 무슨 소용이겠느냐며 스스로 마음을 다잡았다.

그렇게 두세 달 늦게, 나는 보건의 자격을 취득했다. 수술은 성공적이었고 두통은 사라졌으며 나는 귀중한 교훈을 얻었다. 병을 앓으며 살아가기 위해서는 힘과 에너지가 필요하다. 나는 업무량을 줄여 만성통증을 안고 사는 데 필요할 뿐만 아니라 회복의 여정에 오르는 데 필요한 힘을 비축할 수 있었다.

인간의 먼 조상들의 뼈를 연구하는 고고학자들은 인류에게 황금기는 없었다고 말한다. 인류의 역사 대부분의 기간 동안 사람들은 평생 피땀 흘려 일만 하다가 이른 나이에 죽었다. 이들의 뼈에는 탄탄한 근육이 붙어 있었던 탓에 오목하게 파인 자국이 있고, 관절은 고된 일로 닳아 없어져 있었다. 마흔 살을 넘길 때까지 산 사람들은 꽤 운이 좋은 경우였다. 시간이 흘러, 빅토리아 시대까지 '자선은 가정에서 시작된다 (다른 사람을 돕는 일은 가족들 사이에서 먼저 배우게 된다는 의미—옮긴이)'고 공언되었지만, 동시에 관대함이 게으름과 부패를 낳는다는 뿌리 깊은 불안감은 아픈 사람들도 생계를 위해 일하게 만들었다. 풍족하지 못한 자선 공급품은 평균 수명이 놀라울 정도로 짧았던 빈민구제소나 노역장의 사람들에게 간신히 전달될 수준일 뿐이었다.

내가 근로 능력이 있다고 승인하는 환자들 중 다수는 일을 할 수 있도록 지원만 해준다면 의심할 여지 없이 어딘가에서 일할 수 있는 능력이 있다. 일은 육체적·정신적 활동을 통해 목적의식과 만족감, 사회적 유대감을 줄 뿐만 아니라 활기를 불어넣기 때문에 다양한 방식으로 회복을 돕는다. 나는 단순히 병가를 승인해 주는 대신 다시 일자리를 구할 수 있도록 돕는 프로그램에 환자들을 참여시킬 수 있다면 그렇게 할 것이다. 하지만 많은 사람들을 다시 일할 수 있도록 돕는 지원사업이 병가급여 제도보다 재정 부담이 더 크므로 정부는 굳이 그렇게 하기 위해 노력하지 않는다.

우리가 빅토리아 시대의 빈민 구제소보다 좀 더 온정적이고 생각이 깨인 사회를 바란다면 누가 일할 수 있고 누가 일할 수 없는지는 단순히 객관식 시험의 문제가 아니라 연민과 사회, 그리고 문화의 문제로 받아들여야 한다.

회복에는 시간이 필요하고 우리가 그 시간을 가치 있게 생각해야 정치인의 지지도 이

끌어 낼 수 있다. 1945년부터 1995년까지 반세기 동안 영국에서 병가급여로 지급되는 돈이 9배 늘었으니 병가급여 지급에 있어서는 이전보다 좋아졌다고 할 수 있지만, 부자든 빈자든 모든 사람이 최대한 회복할 수 있도록 지원해 주는 진정한 복지 안전망을 제공하려면 아직 갈 길이 멀다. 오늘날 제법 늘어난 복지 정책을 사회가 병들어 있다는 증거로 보는 정치인들도 많이 있기는 하다. 그럼에도 나는 이것을 아주 느리긴 해도 천천히 좀 더 온정 있는 사회가 되어 가고 있다는 희망찬 증거로 받아들이고 싶다. 또한 국가의 병가급여 지원은 간혹 제기되는 주장처럼 국고를 거덜 내는 지속 불가능한 사업이 아니다. 이 사업은 타블로이드판 신문에서 자주 악마처럼 묘사되지만, 총 지원금액은 2008년 금융위기 당시 은행에 지급된 구제금융의 0.002퍼센트보다 적다. 국회나 법원이 법률로 규정해 놓은 병가 진단서가 환자와 협력 관계로 이뤄지는 진료 행위의 본성과 모순되듯, 병가급여 지원금액이 이처럼 적은 것은 병가 진단서의 또 다른 특이점이기도 하다. 그럼에도 이런 지원조차 하지 않겠다면 아픔의 결과로써 널리 퍼진 빈곤을 못 본 척하겠다는 말이다.

영국의 국민보건서비스NHS-National Health Service를 만드는 데 중심이 되었던 정치가 어나이린 베번Aneurin Bevan은 '아픔은 개인이 값을 치러야 하는 호사도, 처벌을 받아야 하는 범죄도 아니며 지역사회가 함께 그 비용을 나눠야 하는 불행'이라는 개념을 옹호했다. 사실 베번이 이 말을 직접 언급한 적은 없고 사회학자 T. H. 마샬T. H. Marshall이 복지국가의 원칙에 대해 요약하며 처음 했던 말인데, 이 말이 널리 알려지면서 많은 사람들에 의해 수차례 인용된 이유는 우리 스스로 그 속에 담긴 진리, 즉 병은 개인의 재난만이 아니라 사회적 재난이기도 하며 우리는 하나의 공동체로서 그 여파를 줄일 수 있도록 도와야 한다는 사실을 인정하기 때문일 것이다.

나는 모든 상황에서 쓸 수 있을 만큼 두

루뭉술하게 넓은 의미를 내포하는 질병 용어인 '신경 쇠약nervous breakdown'을 다시 흔하게 사용했으면 좋겠다. 그럼 용어 자체에서 병의 심각성을 잘 보여주는 대신 앞으로 떼기 어려울지도 모를 정신 질환 꼬리표가 붙는 것을 피할 수 있다. 또한 회복에 필요한 적절한 시간을 가지는 데 도움이 될지도 모른다. 회복에 걸리는 시간은 사람마다 상황마다 다르며, 다리 골절이나 폐렴과 마찬가지로 쇠약해진 정신 건강을 다시 회복할 때도 마찬가지이다.

나는 일터에서 겪는 어려움과 그에 따른 불면증부터 근육통, 두통, 피로 등의 여러 증상들, 그리고 '일하느라 아프다'라는 결론에 다다른 사람들의 토로를 심심찮게 듣는다. 또한 사내 질병률을 주시하여 직원들을 얼마나 몰아붙일지 판단하는 악랄한 회사들도 알고 있다. 이런 회사의 관리자들은 아픈 직원들이 많아져 질병률이 특정 한계점에 도달할 때까지 직원들에게 가하는 압박을 결코 멈추지 않을 것이다. 특히 오늘날 콜센터 직원들은 불안과 스트레스 수치가 너무 높아 이직률이 여타 사무직보다 75퍼센트나 더 높다. 내 환자 중 많은 수가 그런 콜센터에서, 그중에서도 불과 10년 전 국민이 낸 세금의 수혜자였던 은행들의 콜센터에서 주로 일한다. 관대하고 양심적인 고용주들도 있지만 일부는 직원들을 착취하기도 한다.

이런 근무 환경에서 일하면 우울증, 조증, 극심한 불안 등을 앓으며 정신 건강이 쇠약해질 수 있다. 이런 상태에 빠진 사람들이 얼마나 많은지 영국 의료 시스템에는 병가 진단서에 적용되는 'R007z 직무 스트레스'라는 코드가 이미 정해져 있다. 예일대학교 정신의학자 폴 B. 리버만Paul B. Lieberman과 존 S. 스트라우스John S. Strauss가 진행한 한 연구에서는 이런 종류의 스트레스를 '개인의 목표나 욕구에 부합하지 않는 활동을 강제로 하는 것'이라고 불렀다.

나는 1990년대에 의학 교육을 받기 시작했는데, 지난 50년간 의사가 처리해야 하는 문제의 범위는 기하급수적으로 늘었다. 항생제, 스테

로이드, 화학요법, 흡입기와 같은 치료가 매우 좋은 효과를 내면서 사람들은 약으로 치료하기 쉽지 않은 삶의 다른 문제들까지 의사들이 고쳐줄 것이라 기대하기 시작했다. 사회경제적으로 취약한 지역에서 보건의 수련 생활을 시작한 내게 그곳의 의사들은 내가 써주는 병가 진단서가 일부 환자들에게는 그 무엇보다 중요한 처방전일 수 있다고 귀띔했다. 이런 생각은 그 시절의 책 ≪의사 담화Doctors Talking≫에도 잘 나와 있다. 경제적 수준이 다양한 스코틀랜드 전역의 섬과 도시에서 근무 중인 보건의들의 인터뷰가 익명으로 담긴 이 책에서 특히 빈곤한 어느 도시에서 일하고 있던 보건의는 이렇게 말했다.

"돈을 지급해서 빈곤한 사람의 건강 문제를 해결하려는 것은 나에게 있어 폐렴 환자에게 항생제를 처방하는 것과 같다. 나는 그때그때 적절한 치료법을 쓸 뿐이다. 특정 약물이 특정 질병에 적절한 치료제이듯 돈이나 휴가 혹은 좋은 집도 환자들의 건강을 개선할 수 있다."

사회적 불평등을 줄이면 사람들의 고통을 덜어주는 데 크게 기여할 수 있다는 점에서 고통의 완화는 의사보다 정치가의 손에 달려 있지만, 의사는 때에 따라 환자가 회복에 필요한 시간을 갖도록 허가해 줄 수는 있다. 이는 의료를 어떻게 생각하는지, 그리고 의사의 책임이 약을 주는 데 있다고 생각하는지, 고통을 덜어주는 데 있다고 생각하는지에 달려있다. 내가 선호하는 쪽은 분명하다.

헝가리의 정신분석학자 마이클 발린트 Michael Balint는 '다수의 양심적인 사람들은 병에 걸리는 것, 특히 아픈 것을 의무 불이행이자 부담스럽고 불공정한 이점이라고 느낀다'라고 했다. 1940년대와 1950년대에 활발히 글을 쓴 발린트의 저서는 그 시대의 일상적인 편견으로 가득차 있어서 과연 오늘날의 어떤 편견과 선입견이 미래의 독자들을 화나게 할지 되돌아 보게 만들 정도였다. 하지만 거슬리는 표현들을 제외하면 그의 글에서 깊은 지혜를 발견하게 되는 순간들이 있다. 사람들이 의사에게 가져오는 문제의 본질을 이해하기 위해 많은 노력을 한 그는 대부분의 사람들이 도움을 구할 때 무능하고 약해 보이거나 꾀병을 부리는 듯 보일까 봐 두려워한다는 사실에 주목하며 '사람들은 불공평해 보일 정도로 많은 배려를 받거나 일하지 않고 타인에 의지하여 사는 것 등에 죄책감을 느낀다'라고 썼다. 빌란트가 보기에 인생에 득이 된다고 생각해서 아픈 척하는 진짜 꾀병은 드물었다. 그러니까 자기 몫 이상을 얻으려 하고, 어떻게라도 더 아파 보이려 하고, 병에 걸리기 위해 갖은 노력을 다하는 사람은 거의 없었다. 발린트는 정신분석학자로서 환자들이 근면한 사람이든 아니든 자책으로 고통받는다는 사실에 관심을 가지며 이렇게 말했다. '이 두 유형 모두 이유는 다를지라도 죄책감을 느끼며, 의사가 이들을 죄책감에서 벗어나게 해줄 수 없다면 환자를 낫게 하는 것은 매우 어렵다.'

자기 자비self-compassion는 굉장히 과소 평가된 미덕이며, 현대 생활의 리듬은 보통 회복의 리듬과는 정반대이다. 경제가 어렵다는 말을 귀에 못이 박히도록 듣는 근로자이자 환자들은 사회의 짐이 되지 않기 위해 자신의 생산성을 극대화해야 한다는 부담을 굉장히 많이 느끼고 있다. 150년 전 경제학자들과 철학자들은 기계와 그에 따른 자동화 덕분에 인류는 전례 없는 번

영과 여가를 즐길 수 있을 것이라 예상했다. 하지만 대부분의 사람들에게는 해당되지 않는 말이었다. 유명한 철학자 버트런드 러셀Bertrand Russell의 에세이 ≪게으름 예찬In Praise of Idleness≫은 이렇게 끝을 맺는다.

"현대에는 편리하고 보장된 생산이 가능해진 대신 혹사당하고 굶주리는 사람이 생겨났다. 우리는 여태 어리석게도 기계가 없었을 때처럼 힘들게 일했지만 앞으로도 어리석을 이유는 없다."

최대한 생산적이어야 한다는 압박감을 일찍부터 받는 사람들이 성공적인 삶에 대한 본

연의 생각을 깨기는 어려울 수 있다. 하지만 이런 생각을 고치지 않으면 우리는 회복을 위한 시간을 내거나 휴식과 요양의 가치를 이해하지 못할 듯하다.

올리버 색스Oliver Sacks는 ≪감사Gratitude≫에서 요양 그 자체보다 병을 앓으면서 얻을 수 있는 의식의 확장과 자신을 서서히 죽음으로 몰고 간 암을 점차 받아들이는 과정에 대해 이야기했다. 올리버는 병이 깊어질수록 단순히 숨을 쉰다는 측면에서의 삶보다는 그리스인들이 '에우다이모니아eudaemonia'라고 불렀던 '인간 번성'의 측면에서 선하고 가치 있는 삶에 대해 생각했다.

우리는 번성하기 위해 휴식과 사색의 시간을 가져야 한다. 이 생각에 대해 인도의 시인 라빈드라나드 타고르Rabindranath Tagore는 이렇게 썼다. '계속 살아가기 위해서는 삶의 리듬에 맞게 잠시 멈춰야 한다. 살아가는 것 자체가 삶을 소모하며 연료를 태우는 일이다'. 아마 방전된 배터리를 충전해야 할 것 같은 기분을 대부분 느껴본 적 있을 테니 타고르의 관찰을 충분히 공감할 수 있을 것이다. 즉각적으로 연상되는 이 생생한 이미지 덕분에 나는 휴식에 대해 이야기할 때면 자동차나 휴대폰의 배터리를 비유로 들곤 한다.

≪감사≫에 나오는 한 편의 글에서 올리버는 회복의 과정에서 조화로움과 평온함을 느

끼는 것이 얼마나 중요한지 설명했다. 그는 요양 시설에서 강제로 쉬어야 한다는 사실을 받아들였을 때, 해야 할 일을 모두 끝낸 사람이 '마음 편히good conscience' 쉬고 있는 듯한 평화로움을 느꼈다. '마음 편히'라는 표현에서 알 수 있듯, 악성 흑색종 치료를 받으며 삶의 끝자락에 다다를 때까지도 자신에게 휴식을 허가하는 것을 힘들어 했던 올리버는 '일곱 번째'를 뜻하는 히브리어 단어 'sabbath(안식일)'에 고이 담겨 있는 고대 원칙과 같이 일곱 번째 날마다 휴식을 취할 필요성을 비로소 받아들이기 시작했다. 일터에서는 이런 종류의 연료 보급이나 배터리 충전의 필요성을 '안식기sabbatical'로 제도화했다.

본래 안식기는 고대 근동 지역의 전통으로, 부잣집 주인(예외 없이 남성이었지만)은 노예들이 일을 시작한 지 일곱 번째 해가 될 때마다 이들을 모두 풀어주면서 밭을 경작하는 대신 여행이나 성지순례를 떠나도록 했다. 안식기는 일해야 한다는 부담감을 내려놓고 강제로 쉬게 하는 사회 제도였고, 새로워진 마음으로 다시 일상으로 돌아올 수 있도록 했다. 익숙한 환경에서 벗어나는 여행은 늘 회복을 위한 최고의 방법이 되었다.

7년에 한 번씩 1년을 쉬자는 말은 너무 극단적일지 모르나 우리는 한 번씩 안식기를 가질 수 있다. 1차 진료소에서 근무하는 나와 동료들은 5년마다 3개월간의 휴식 시간을 갖도록 하는 조항을 계약서에 넣었다. 나는 업무에서 벗어나 안식기를 보내고 다시 여유롭고 활기찬 모습으로 복귀한다. 환자들이 안식년 휴가를 받을 수 있도록 고용계약서를 내가 다시 작성해 줄 수는 없겠지만 나는 그렇게 할 수 있는 방법을 찾도록 응원하고 싶다.

여행

5

변화는 휴식만큼이나 좋다고 한다. 그래서 히포크라테스 시대부터 환자들은 여행을 떠날 것을 권유받았다. 나도 가능한 한 자주 여행을 추천하며, 듣기로 스웨덴과 핀란드에서는 건선psoriasis 치료를 위해 국비 지원금이 나오는 휴가를 처방해 줄 수 있다고 한다. 확실히 환자를 입원시켜 자외선 치료를 하는 비용보다 스칸디나비아반도를 떠나 햇살이 내리쬐는 곳으로 휴가를 보내는 비용이 더 저렴하고 효과적으로 보인다. 로마의 정치가 키케로Cicero가 말하길 당대의 의사들은 '달라진 공기가 기력을 회복해야 하는 환자들에게 도움이 되므로 장소의 변화가 치료에 효과적인 경우가 매우 잦다'며 회복 중인 환자들에게 장소에 변화를 줄 것을 자주 권고했다. 일이 잘 안 풀릴 때는 변화를 주라는 말도 있지 않은가. 도움이 되지 않는 사고방식에서 벗어나려면 때로는 변화를 줘야 하며 그러기 위해 새로운 공기와 새로운 경험, 새로운 생각이 필요하다. 다윈Darwin은 삶의 이 보편적 진리가 인간뿐 아니라 동물과 식물, 심지어 기후가 다른 지역에 농부가 옮겨 심은 씨앗과 덩이줄기에도 해당하는 듯하다고 했다.

중세의 사람들은 건강이 나쁘면 주로 종

교적 이유로 성지 순례를 자주 떠났고, 여행을 통해 얻은 이점들은 장소가 바뀌어서가 아니라 신이 개입한 덕분이라고 생각했다. 초서Chaucer의 ≪캔터베리 이야기Canterbury Tales≫에서는 순례자들이 순례를 떠나는 주된 동기로 치유를 든다. '특히 영국에서는 그들이 아플 때 영적으로 도와주던 거룩하고 복된 순교자를 만나기 위해 전국 곳곳에서 캔터베리로 가는 순례길에 오른다.'

영어 단어 'travel(여행)'과 'travail(고생)'의 어원이 같은 것처럼 걷거나 말에 올라타 쉬지 않고 몇 주씩 하는 여행은 매우 고생스러웠을 테고, 그보다 더 긴 여정에서는 쇠약한 순례자들이 도중에 죽는 일도 허다했을 것이다. 하지만 장거리의 순례길을 성공적으로 완주하여 정신적 목표를 달성하고 시련을 극복했다는 성취감을 얻은 사람들에게 여행은 육체적·정신적으로 엄청난 도움이 됐음이 틀림없다. 또한 치유와 관련한 여러 증언에서 이미 들어봤겠지만, 영적인 대상을 만나는 경험보다 더 강력한 플라시보placebo 효과를 줄 수 있는 것은 거의 없다.

수년 전, 회복이 어려워 보였던 내 환자 중 한 명은 딸의 요청으로 프랑스 루르드Lourdes로 순례를 떠났다. 암 투병 중이었던 그가 다시 병원에 왔을 때, 병세는 수그러들기는커녕 깊어진 상태였다. 하지만 그는 성지에 도착하여 수많은 순례자들 사이에 있었던 경험이 나의 모르핀 처방만큼이나 값졌다며 여행을 후회하지 않았다.

여행이나 성지 순례는 지금껏 살아왔던 지역과 병을 앓고 있는 환경에서 벗어나게 해주고, 때로 출발 그 자체만으로도 질병을 누그러뜨린다. 여행에 나서려면 보통 삶의 의무를 벗어던져야 하며 그렇게 벗어던지는 순간, 버려야 할 의무는 무엇이고 다시 져야 할 의무는 무엇인지, 여행에서 돌아오면 이 의무들을 왜 재정리해야 하는지를 더욱 명확하게 볼 수 있게 된다. 질병이 육체나 정신에 완강히 달라붙어 있는 경우에도 긴 여행이나 휴가는 질병과 새롭게 조화를 이루며 살아가기 위한 색다른 시각과 전략을 얻을 수 있게 해준다.

밖으로 나서는 여행이 치료에 도움이 되 듯 책 페이지를 넘기며 우리 자신에게서 벗어나 는 여행도 마찬가지다. 잭 케루악Jack Kerouac의 소 설 ≪길 위에서On the Road≫에 나오는 화자 샐 파 라다이스는 '나는 큰 병을 앓다가 겨우 나은 참 이었다'라는 말을 통해 여행을 떠난 건 애초에 아내와의 이혼 때문이었지만 결국 여행은 회복 의 한 형태로 옳았음을 확신했고, 이 책의 출간 후 60년이라는 시간이 흐르는 동안 독자들은 케 루악의 책을 통해 안방에서 간접적으로 해방 여 행을 떠날 수 있었다. 현실적으로 해외여행을 치 료제로 처방받을 수 없는 우리에게 회복을 위해 보내는 시간은 반복적이고 따분할 수 있으며,

그 시간 동안 갇혀 있는 기분이 들기 쉽다. 이때 책은 병실 문을 열어 광활한 세상으로 우리를 안내하며 돈이 많이 들지도 않는다.

책이 주는 회복적 가치에 대해 J.R.R. 톨킨J.R.R. Tolkien은 《나무와 잎Tree and Leaf》에서 이렇게 썼다. '독서는 휴가이자 힐링이다. 요양에 더 없이 좋을 뿐 아니라 많은 이들이 산을 알아가는 가장 좋은 방법이다. 그리고 간혹 기적을 일으키기도 한다'. 책은 뱃길이자 선로이며, 오솔길이자 기찻길로서 회복의 여정에 있는 우리를 이끈다는 생각은 참 아름답지 않을 수 없다.

회복 건축학

6

한때 부유한 사람들은 휴양시설이나 요양원, 요양병원에서 회복기를 보내는 것이 일반적이었다. 이런 곳들은 직원을 위해서가 아니라 환자의 편의와 안위를 위해 설계된 공간이었다. 요즘에는 새 병원 건립을 위한 계약이 입찰에 부쳐지고, 건축가들은 경쟁적으로 가장 저렴한 설계를 제시한다. 새로 생긴 병원들은 보통 공항이나 슈퍼마켓과 닮은 점이 많다. 플라스틱 천장은 낮고, 자연광은 거의 들어오지 않으며, 로비에는 상가가 들어서 있고, 창문은 열리지 않는다. 그리고 창문 밖으로는 나이팅게일이 소중히 여긴 푸른 공간이 아니라 주차장이 보인다.

예외적으로 말기 환자들을 위한 호스피스 병원만이 거의 유일하게 옛날 요양병원처럼 정원과 자연광, 널찍하고 조용한 실내공간에 신경 쓰고 있다. 우연히도 에든버러에서 내가 수련을 받았던 두 병원은 한때 요양병원이었다. 도시 남쪽의 절벽 위에 자리잡은 나의 첫 수련 병원 프린세스 마거릿 로즈 병원Princess Margaret Rose Hospital은 테라스와 넓은 창문이 스코틀랜드의 귀한 햇빛과 펜트랜드 구릉Pentland Hills에서 불어오는 바람을 최대한 활용할 수 있는 방향으로 나 있었다. 나는 학부생 시절 햇빛이 가득한 병동에서 회진을 돌고, 병원 창문이 바람에 덜컹거리는 소리를 들었던 기억이 난다. 결핵 환자를 위해 처음 지어진 이 병원은 폐가 아주 심하게 손상된 환자의 경우에는 폐를 허탈시켜 결핵균에 산소 공급을 차단하는 방법을 가끔 쓰기도 했지만, 당시에는 시간과 맑은 공기, 휴식만이 결핵의 유일한 치료법이었다. 항생제가 나오면서 결핵 환자를 위한 요양병원은 모두 문을 닫았고, 그와 함께 우리는 소중한 것을 잃었다. 스위스의 일부 오래된 요양원들은 정신 건강, 알코올 중독, 약물 의존성처럼 단기간에 치료가 불가능한 질환을 위한 치료센터로 바뀌었다. 각각의 병은 회복의 여정이 다 다른데 말이다.

내가 수련을 받던 당시 프린세스 마거릿 로즈 병원은 정형외과 전문이었다. 그곳에서 본 많은 환자들은 뼈가 골절되어 티타늄 핀과 판으로 뼈를 재건한 상태였고, 모든 환자들은 휠체어가 지나다닐 수 있는 넓은 복도가 있고 눈부신 햇빛이 들어오는 남향의 단층 병동에서 옛 결핵 병원의 인정 있고 사려 깊은 건축 양식의 혜택을 누렸다. 이 병원은 아픈 이들을 위해 목 좋은 땅을 남겨뒀던 시절을 떠올리게도 했다. 하지만 많고 많은 오래된 병원들처럼 이 병원도 철거되었고 그 자리에는 인기 있는 고급 주택이 들어섰다.

내가 수련을 받았던 또 한 곳은 적어도

지금까지는 여전히 운영 중이다. 애슬리 애인슬리 병원Astley Ainslie Hospital의 설립에 대해서는 로디언 의료기록보관소Lothian Health Services Archive에 이렇게 설명되어 있다.

"미들로디언Midlothian 주 코스터튼Costerton의 데이비드 애인슬리David Ainslie 씨는 1900년에 별세하며 신탁관리인들에게 15년이 지난 후 자신의 재산을 에든버러 왕립병원Royal Infirmary of Edinburgh 환자들의 안위와 이익을 위해 애슬리 애인슬리 보호시설 또는 병원을 건립 및 유지하는 데 사용하라는 지시를 남겼다."

밀뱅크Millbank, 사우스뱅크Southbank, 가나안 하우스Canaan House, 가나안 파크Canaan Park, 이렇게 네 채의 저택이 매입되었고, 병원은 1923년에 문을 열었다. 이후 10년 동안 흰색 부속건물들이 저택 사이에 지어졌고 각 건물 주위는 나무가 늘어서 있는 길과 정돈된 잔디밭, 잡초 없이 가꿔진 화단으로 꾸며졌다. 당시 에든버러의 대표 병원이었던 왕립병원에는 도시 서쪽 코스토핀Corstorphine에 요양 병동이 따로 있었지만, 그곳에서 입원 가능한 기간보다 더 오랫동안 간호와 요양이 필요했던 환자들은 애슬리 애인슬리 병원으로 옮겨졌다. 의료기록보관소에는 애슬리 애인슬리 병원이 수술을 받기 전에 몸을 보강해

야 하는 왕립병원 환자들도 받아들인 흔적이 남

아 있다. 상상해 보라. 환자들이 일상생활을 할

수 있을 정도로 건강해질 때까지 환자들을 돌

볼 뿐 아니라 수술을 앞둔 환자들이 최적의 몸

상태가 되도록 돕는 병원을 말이다. 1940~1950

년대에는 에든버러에 회복용 병상 수가 워낙 많

아서 별도의 관리위원회를 두고 있었다. 하지만

50년 이상이 흐른 지금, 우리는 더 이상 이런 종

류의 요양에 가치를 두고 있지 않기 때문에 그런

관리위원회는 없다.

오늘날 애슬리 애인슬리 병원은 중풍, 다

발성 경화증 등의 신경계 질환이나 부상으로 인

해 장애를 가진 사람들에게 휴식과 회복을 위한

안식처로서 그 나름대로 여전히 역할을 하고 있으며, 의사보다 물리치료사가 훨씬 많기도 하다. 하지만 이 병원도 위기에 처해있다. 주택을 짓기 위해 병원이 매각되고 환자들이 현대 시설로 옮겨간다면 우리는 에든버러 시민과 데이비드 애인슬리에게 너무나도 몹쓸 짓을 한 것과 다름없어진다.

휴식 요법

7

나는 1900년까지 필라델피아 의과대학 장이었던 사일러스 위어 미첼Silas Weir Mitchell을 19세기 후반의 전형적인 의사로 자주 상상해 본다. 긴 원통형 예복 모자에 연미복을 차려입고, 단추를 잠궈 꽉 조이는 조끼에 금줄이 달린 주머니 시계를 꽂고서는 광택이 나는 가죽 소재의 왕진 가방을 들고 개인 환자를 돌보러 나서는 모습을 말이다. 뇌장애와 정신장애가 구분되지 않았던 시절의 신경학자였던 그는 이른바 '휴식 요법Rest Cure'의 강력한 지지자였다. 휴식 요법은 당시 신경쇠약이나 부실신경으로 불렸던 병에 처방되었고, 이 처방을 받은 사람들은 몇 달씩 침대에만 누워 있으면서 그가 이름 붙인 '피와 지방blood and fat' 식단을 먹도록 장려되었다. 그런데 버지니아 울프는 소설 ≪댈러웨이 부인Mrs. Dalloway≫에서 그의 생각을 다음과 같이 조롱했다. '침대에서 안정을 취하라고 한다. 고독 속에서, 적막 속에서, 친구도 책도 편지도 없이, 여섯 달을 이렇게 안정을 취하고 나면 48킬로그램이었던 사람이 76킬로그램이 된다.'

이 치료법은 남성보다는 여성에게 훨씬 많이 권고되었다. 미국의 초창기 페미니스트 작가인 샬롯 퍼킨스 길먼Charlotte Perkins Gilman은 단편 소설 ≪누런 벽지The Yellow Wallpaper≫에서 의료기관이 이런 치료법을 핑계 삼아 사람을 강제로 감금하면서 사실상 비협조적 여성들로 하여금 더 미미하고 수동적인 역할을 하도록 강요한다고 폭로했다. 이 역할은 오늘날에도 환자들을 바라보는 인식 방식에 여전히 영향을 미치고 있다. 미첼의 휴식 요법 이야기는 우리가 스스로를 바라보는 방식과 타인에게 인식되는 방식이 의사들이 가진 힘에 의해 정의된다는 사실을 다시 한번 말해 준다. 오늘날 그의 권고는 당시 의학계에서 만연했으며 아직도 우리 사회에서 완전히 떨쳐내지 못한 여성혐오의 상징으로 기억되고 있다.

먹고 자기만 하면서 침대에서 수개월을 보내면 몸과 마음을 치유하는 데 더없이 좋을 것 같지만, 뼈에 붙어 있는 근육이 약해지고 사회생활을 하는 데 필요한 인간관계가 소원해질 수 있으므로 미첼의 권고는 의학적으로 권할 만하지 않다. 우리는 세상 속에서 살아가야 하는 사회적 존재이므로 이를 고려하지 않은 회복 방법은 실패할 수밖에 없다.

나는 영구 폐 손상이 있는 환자에게는 2주일 분의 항생제를 처방하지만, 일반적인 폐렴 환자들에게는 1주일 분의 항생제를 처방하면서 충분히 수분 섭취하기, 깊이 호흡하기, 횡격막이 중력을 받아 폐에 공기가 가득 찰 수 있도록 침대에서는 등을 받치고 앉아 쉬기 등 병동에서 배웠던 권고사항들을 다시 일러준다. 또한 이런 감염병은 항생제로 대부분 치료가 가능하지만 나이대가 올라갈수록 회복 기간이 한 주씩 더 걸릴 수 있으므로 80대 환자라면 회복까지 두세 달이 걸린다고 말한다. 항생제 처방이 끝난 후에도 기침을 통해 담과 가래가 일정 기간 계속 나오겠지만, 이는 전부 폐 내벽이 자체적으로 재생하며 치유가 되는 과정이다. 그런데 이런 설명에도 불구하고 항생제 처방이 끝났는데 왜 몸이 완전히 나아지지 않느냐며 의아해 하는 환자들도 많다.

미첼이 회복에 충분한 시간을 들여야 하

는 것의 중요성을 강조했다는 점에서 그의 권고는 비록 결점이 있기는 해도 여전히 우리에게 가치가 있다. 항생제가 개발되기 이전에는 젊고 건강한 환자들도 폐렴에 걸린 후 심각한 증세를 가라앉히는데 최소 한 달이 걸렸고, 그 사이 열이 올랐다 내렸다를 반복하며 고통스러운 시간을 보내면서 몸무게가 4분의 1이나 줄어드는 일도 왕왕 일어났다. 미첼은 이런 체중감소를 '질병에 진 빚'으로 묘사했지만, 이 빚은 회복 과정에서 체중이 다시 원래대로 돌아오거나 활력이 되살아나면서 갚을 수 있는 것이었다. 질병은 마치 죽음을 뿌리치려는 투쟁으로 그려졌다. 영원한 '메멘토 모리memento mori(라틴어로 '언젠가는 죽는다는 사실을 기억하라'는 의미—옮긴이)'에서 벗어나 다시 태어날 준비를 하는 것이다. 미첼은 몸에 있는 수백만 개의 죽은 분자가 더 건강한 상태로 재생되고 있으므로 어떻게 보면 환자는 새로운 존재가 될 뿐 아니라 다시 성장할 힘까지 얻은 상태라고도 했다.

회복기에는 또 다른 장점도 있다. 미첼에 따르면 회복기는 일과 가족에 대한 의무에서 해방되는 귀중한 시간이었다. '온 세상이 평온하게 느껴지니, 가만히 누워 어떤 일이든 나름대로 가치가 있는 것은 아닌지 되돌아볼 수 있다.'

'휴식 요법'에 더하여 미첼은 또 다른 회복 방법인 '서부 요법West Cure'으로도 이름을 알렸다. 휴식 요법만큼이나 그 시대의 산물이었던 서부 요법은 신경쇠약을 앓는 남성에게 주로 권고되었다. 처방대상자는 바닥에서 자고, 소를 몰고, 나무를 베어야 하는 미국 중서부의 목장이나 산에서 일자리를 구하도록 권고받았다. 서부 요법의 지지자였던 테디 루스벨트Teddy Roosevelt나 월트 휘트먼Walt Whitman도 1870~1880년대에 서부에서 회복의 시간을 보냈는데, 특히 부실신경이라는 병을 치료하기 위해서였다. '휴식'과 '서부' 요법은 이렇듯 누구든 건강과 힘을 되찾을 수 있도록 돕는다는 명확히 같은 목표를 가졌음에도 두 방법을 상호 배타적으로 구분하는 잘못된 경향이 있었던 것도 사실이다. 회복의 방식을 단지 성별로 나누어서도 안 되지만, 내 경험상 활동과 휴식을 나누기보다 두 가지를 조합한 방식이 회복에 훨씬 도움이 된다. 우리는 휴식을 매우 중요하게 여겨야 함과 동시에 세상과 끊임없이 상호작용하는 것도 중요하다는 사실을 알아야 한다.

미국심리학회American Psychological Association에 기고한 글에서 문학 박사 앤 스타일스Anne Stiles는 미첼의 생각이 여전히 회복에 관한 의학적 개념의 한 부분을 차지한다고 짚으며, 지금은 '스트레스가 쌓인 남녀 경영자들이 자전거 타기나 등산과 같은 힘든 신체 활동도 때로 곁들이면서 휴식과 자아 발견을 위해 자연이 그대로 살아 있는 곳으로 여행을 떠나는' 시대라고 했다. 휴식의 필요성을 받아들이면서 이제 남녀 모두가 회복을 찾아 '서부로 가라'고 권유받으니 회복에 관한 인식이 예전보다 확실히 나아지기는 했다. 그런데 이렇게 장소에 변화를 주고 자연환경에 집중함으로써 얻을 수 있는 혜택은 여행을 여유롭게 다닐 수 있는 직업을 가진 사람들만의 것이 아니다.

'작업 치료occupational therapy'만 다루는 학문도 따로 있을 정도로 신체 활동이 우리에게 좋은 영향을 주는 것은 분명하다. 그러나 미첼이 염두에 둔 자연환경에는 특히 강력한 무언가가 더 있는 듯하다. 몇 년 전, 컴퓨터 관련 직종에

종사하는 한 젊은 남성이 거의 2주마다 두통, 무릎 통증, 가려운 발진, 목 조임 등 매번 새로운 증상으로 병원을 찾아왔다. 그는 방광이 완전히 비워지거나 가득 찼던 적이 한 번도 없는 것 같다고 했다. 내가 그의 증상을 파악하려고 할 때마다 그는 다른 불편 사항을 말했고 나는 처음부터 다시 새로운 증상에 대해 파악해야 했다. 사실 그는 치료보다 자신의 고통을 알아주기를 바라는 것이 분명했다.

나는 그와 함께 이 부분을 깊이 생각해보기 시작했고, 증상이 너무 자주 바뀐다는 사실과 그렇게 자주 바뀌는 이유는 신체의 문제라기보다 살면서 느끼는 근본적인 불안과 불행, 혹은 스트레스에서 비롯된 경우가 잦다는 점을 지적했다. 나는 그가 마음속 깊은 곳에서 현재의 삶에 변화가 필요하다고 느끼는지 궁금했다.

어느 날, 그는 예약 시간에 나타나지 않았다. 대수로운 일은 아니었지만 수개월이 흐를 동안 아무 소식이 없자 나는 내가 뭔가 실수를 했나 싶었다. 병원 접수 담당자에게 혹시 그 환자가 주치의를 바꿔 어딘가 다른 의사에게 갔는지 물어봤지만 아니었다. 그의 주치의는 여전히 나였다.

그와 연락이 닿은 것은 엽서 한 장을 받으면서였다. 눈 덮인 산과 숲, 그리고 전경에 흐르는 강과 한 무리의 카약이 보이는 엽서 사진 아래쪽에는 스코틀랜드 고지Scottish Highlands에 있는 한 액티비티 센터의 이름이 있었고, 뒤쪽에는 그가 '휴식'과 '서부' 사이에서 균형을 찾았다는 것을 의미하는 글이 이렇게 적혀 있었다. '프랜시스 선생님께. 저는 1년 전부터 이곳에서 일하고 있습니다. 정직원도 되었죠. 새로운 삶의 리듬이 저와 잘 맞아요. 도와주셔서 감사합니다. 하지만 다시 뵐 일은 없을 것 같네요.'

# 자연으로 돌아가서

회복을 위한 모든 가치 있는 행위는 자연적 과정에 반하지 않고 자연과 함께 협력적으로 이루어져야 한다. 페니실린계 항생제가 세균을 죽이는 것이 아니라 단지 세균이 번식하거나 성장하지 못하도록 막아서 몸이 휴식을 취할 수 있도록 하듯이 말이다. 치료를 시작하는 의사는 재배를 시작하는 정원사와 같아서 사실, 자연이 거의 모든 일을 다 한다. 내가 환자의 상처를 꿰맬 때도 봉합 재료가 피부조직을 만드는 것이 아니라, 격자 모양으로 꿰맨 봉합실이 신체가 스스로 회복할 수 있도록 덩굴식물의 지지대처럼 안내 구실을 해줄 뿐이다.

르네상스 예술가들과 해부학자들에게 예술과 과학은 거의 다르지 않았다. 두 분야 모두 세상의 진리를 찬양하고 이해하는 방법이었다. 그들은 우리의 거처인 신체와 우리를 살아가게 해주는 환경이 이어져 있다고 생각했다. 과학이 발전하기 전 여러 전통 의학에서는 인간의 신체가 우주 내에 속해 있으면서 동시에 우주를 반영한다고 여겼으므로, 회복의 열쇠는 주변 환경이 쥐고 있었다. 고대 그리스의 의학은 식이요법과 최적의 기후를 찾는 일에 주력했으며, 그들에게 질병이란 몸이 만물과 공유하는 요소들 사이에 조화가 깨지는 것이었다. 물질을 이루는 네 가지 원소가 생명을 지속시키는 네 가지 체액과 상응한다는 이 견해는 16세기까지 여전히 강세였다. 레오나르도 다빈치는 그런 믿음을 이렇게 표현하기도 했다. '인간이 물, 불, 공기, 흙으로 이루어져 있다면, 이 몸도 흙으로 이루어져 있으리라. 인간 속에 피의 호수가 있다면 … 흙으로 이루어진 몸에는 밀려 들어왔다 밀려 나가는 바다가 있다.'

내부환경과 외부환경 사이에 자연적 균형을 바로잡는다는 생각은 너무 과할 경우 백혈병을 크리스탈 요법으로 치료할 수 있다고 하거나 패혈증을 반사 요법으로 치료할 수 있다는 식의 위험한 유사과학으로 변질될지도 모른다. 하지만 과학에 기반한 의학이 놀랍도록 발전하면서 자연환경이 우리에게 양분을 준다는 생각을 더 이상 신체에 적용하지 않으려 하는 것도 문제다. 우리는 동물이자, 성장과 엔트로피 사이에 낀 생명체라는 점을 토마스 만Thomas Mann은 회복에 관한 명작 소설 ≪마의 산The Magic Mountain≫에서 멋지게 탐구해 놓았다. 이 소설에서 알프스 산맥의 한 요양원에 있는 주인공은 병상에 누워 아픔과 회복의 본질에 대해 이렇게 숙고한다.

"그렇다면 생명이란 무엇인가? … 생명은 원

래 존재할 수 없는 것의 존재이자, 붕괴되고 재생되며 열을 내는 이 과정에서만 존재의 점 위에서 절반은 달콤하고 절반은 고통스럽거나 간신히 균형을 이루는 것이다. 생명은 물질도, 영혼도 아니었다. 그것은 물질과 정신, 그 사이에 있는 무언가로서 폭포 위에 뜨는 무지개처럼, 그리고 불꽃처럼 물질에 의해 생기는 현상이었다."

생명이라는 유기적인 자연세계에 신체가 속해 있다는 이 개념은 내가 의사로 수련받고 일했던 진료소와 병동에서는 거의 잊힌 것이었기 때문에, 이 개념을 임상 관리의 핵심으로 삼은 의사에 대한 이야기를 읽었을 때 나는 놀라움을 금치 못했다. 캘리포니아대학교 샌프란시스코 캠퍼스 의대 부교수이며 중세의학사로 박사 학위를 받은 빅토리아 스위트Victoria Sweet는 미국에서 몇 군데 남지 않은 한 구빈원에서 갈 곳이 없는 가난한 사람들을 위해 수년간 일했다.

　빅토리아는 저서 《신의 호텔God's Hotel》에서 중세시대의 수녀이자 치료사인 힐데가르트 폰 빙겐Hildegard of Bingen에 대해 몇 년간 연구하고 나니, 회복의 목적을 더 잘 설명하기 위해서는 힐데가르트가 믿었던 '비리디타스viriditas', 즉 '녹색 생명력'이라는 중세시대의 개념을 되살려야 한다는 결론에 이르렀다고 말한다. 인간뿐만 아니라 나무에도 생기를 불어넣는 그 힘에 의해 새로운 활력이 솟아나는 것이 바로 치유이며, 그렇기에 의사의 일은 정비공보다는 정원사의 일과 훨씬 닮았다는 것이다. 그녀는 2,000년이 넘게 의사들이 사용한 사원소, 사계절, 사체액, 사성질(냉, 건, 습, 열)이라는 '4의 법칙'이 가끔은 여전히 신체와 신체에 필요한 것을 살펴보는 유익한 방식이라는 점을 깨달았다. 너무 춥다면 따뜻하게 하고, 너무 건조하다면 축축하게 하라는 이 관점의 핵심은 균형을 맞추는 것이고, 건강한 상태를 도달하거나 달성해야 하는 목표가 아니라, 양극단 사이에서 균형이 잡혀 있는 상태로 본다. 정원사만큼이나 의사가 가져야 할 관점이 아닐 수 없다.

그렇다면 아주 최근까지 의사들이 식물학을 공부했던 이유가 수많은 약물이 식물에서 얻어져서이기도 하지만 식물에 대한 연구가 생명 그 자체를 이해하는 방법이기 때문이라는 점도 곧잘 이해가 된다. 어린 시절 뇌수막염에 걸린 나를 황급히 병원으로 보냈던 보건의에게서 후에 들은 바로는, 1950년대에는 에든버러 의대 커리큘럼상 식물학 수업을 들어야 했다고 한다. 다시금, 20세기 후반에 일어난 약물의 놀라운 발전과 함께 우리는 회복을 위한 더 넓은 접근법의 중요성을 잊은 듯하다. 빅토리아는 힐데가르트가 환자를 돌보는 것이나 수녀원 정원을 가꾸는 것이 비슷하다고 묘사했다. 요양 또한 같은 이치를 따르므로, 그녀는 식물의 성장을 돕는 과정을 생각하면서 신체도 식물과 똑같이 영양분, 햇빛, 수분에, 그리고 휴식과 운동에 반응한다고 여겼다.

영어 단어 'physician(의사)'은 '자연'을 의미하는 그리스어 'physis'와 '성장하다'를 의미하는 'phuo'에 뿌리를 두고 있을지도 모른다. 식물과 마찬가지로 우리는 성장하여 다시 온전해지기 위해서 영양소, 환경, 자원을 적절하게 조절하는 요법이 필요하며, 방해받는 것을 피해야 한다. 빅토리아는 이를 한 마디로 '적절한 식사, 조용한 환경, 즐거운 마음'이라 했다.

"오늘날 우리에게 남은 요법은 살을 빼라거나, 콜레스테롤을 낮추라거나, 하루에 8시간을 자라거나, 혹은 운동을 하라거나, 즐겁게 살라는 단조로운 훈계뿐이다. 이보다 더 섬세했던 힐데가르트와 전근대 의학은 나쁘거나 좋은 것은 없으며 단지 각각의 계절과 환경, 사람에 맞을 뿐이라 했다. 그러니 힐데가르트는 식욕이 부진한 사람에게는 살을 찌우기 위해 맥주를 추천하고, 화를 잘 내는 사람에게는 레드와인을 금지했는지도 모른다. 봄에는 신선한 새싹이 좋고, 겨울에는 스튜가 좋았으며, 상사병에 걸린 사람에게는 여러 가지 흥미로운 활동이, 산만하고 불안한 사람에게는 정신을 쏟을 만한 일이 좋았다."

회복을 바라보는 이러한 사고방식은 시간이 걸린다는 이유로 현대 의학에서 설 자리를 잃었다. 빅토리아는 또 다른 저서 ≪느린 의학Slow Medicine≫에서 입원 기간을 줄이기 위한 경쟁으로 인해, 더 나아가 그녀가 미국에서 경험한 것처럼 돈을 아끼고 이윤을 늘리려는 경쟁으로 인해 느린 회복의 가치가 버려졌다고 강조한다. 빅토리아는 지금의 혈액검사와 영상의학 기술, 로봇수술, 항생제를 포기하고 중세의학으로 되돌아가고 싶어 하는 것이 아니다. 하지만 그녀는 시간의 가치가 의료현장에 다시 돌아오기를 바란다. 나 또한 마찬가지이다.

# 이상적인 의사

9

캐나다 태생의 위대한 의학자 윌리엄 오슬러William Osler는 '환자가 어떤 질병을 앓는지보다 질병에 걸린 환자가 어떤 환자인지가 훨씬 중요하다'라고 했다. 나는 여기에 덧붙여 '각 환자에게 어떤 의사가 필요한지도 똑같이 중요하다'라고 하고 싶다. 의사는 환자의 문제를 자신만의 개성과 경험으로 풀어나간다. 그리고 우리는 의사가 환자의 걱정을 공감해 줄 때 환자의 신체적 회복이 더 빨라진다는 것을 알고 있다. '공감피로증compassion fatigue'에 대한 심리 연구에 의하면 의대생들은 의학 공부를 시작할 때만 해도 공감 능력이 뛰어나지만, 의료현장에서 일하는 기간이 길어질수록 그 능력을 점점 잃어가는 경향이 있다고 한다. 따라서 우리는 의사들이 지치지 않도록 직업적인 면에서 부족한 부분을 보완해야 한다. 또한 나는 학생이나 의사 개인이 가진 공감 능력의 정도가 천차만별인데 그 능력을 고정된 성격적 자질로 특정 짓는 것도 잘못됐다고 생각한다. 내 경험상 의료 분야에서의 공감과 연민은 흔히 생각하는 것보다 훨씬 역동적이고 생생한 무언가이다. 두 사람이 이해를 바탕으로 서로 연결된 상태와 마찬가지인 공감과 연민에 대해 다른 이들보다 더욱 적극적인 의사들도 분명 있겠지만, 연결은 혼자가 아니라 두 사람 간에 쌍방향으로 이루어져야 한다는 것을 기억해야 한다.

의사 겸 작가인 존 로너John Launer는 한 환자가 진료실에 들어와 의자에 엉덩이가 닿기도 전에 "저한테 세 가지 문제가 있는데요"라며 속사포처럼 이야기를 시작했던 경험을 들려준다. 영국의 국민보건서비스가 재원을 조달하는 방식에 따라 의사는 환자 한 명당 10분의 시간을 할애할 수 있었기에 로너는 3분에 하나씩 문제를 해결해야 했다. 하지만 로너는 조금도 망설이지 않고 물었다. "네 번째 문제는 뭔가요?" 그는 저서 ≪의사가 되지 않는 법How Not to Be a Doctor≫에서 이 상담이 그 후 어떻게 흘러갔는지 설명하고 있다. '사실 네 번째 문제가 그 환자에게 가장 두려우면서도 내게 꼭 털어놓고 싶어 했던 문제였고, 우리는 원래 세 가지 문제에 대해서는 다시 이야기를 꺼내지 않았다.'

영어 단어 'doctor(의사)'는 '가르치다', '지도하다'를 뜻하는 라틴어 'docere'에서 유래했는데, 아마 우리가 지금껏 만나 본 모든 학교 선생님들이 각각 다른 방식으로 일하고 있듯 의사도 마찬가지일 것이다. 어떠한 의학 분야에서든 보편적인 방법이 있다는 생각은 잘못됐으며, 그런 생각으로는 형편 없는 의료 서비스를 제공할 수밖에 없다. 로너는 환자를 대할 때 훈련받은 대로가 아니라 직감을 발휘했고, 앞서 말한 에피소드는 마침 그의 직감이 들어맞은 경우였다. 물론 직감은 쉽게 틀릴 수도 있다. 나는 보통 하루에 30~40명의 환자를 보는데, 그러다 보면 환자들 개개인에 맞게 내가 어떤 의사가 되어야 하는지 잘못 판단하는 경우가 있을 수밖에 없다.

로너가 이야기하는 이 직감은 배울 수 있는 것이 아니다. 하지만 교과서용 답이라는 잘 닦인 길에서 벗어나 더 거칠고 즉흥적인 답이 환자에게 도움이 될 수 있을 때, 양심과 경험에서 나오는 나지막한 목소리에 따라 행동할 수 있는 자신감을 배울 수 있다.

정신분석가이자 소아과 의사인 도날드 위니캇Donald Winnicott은 의사들은 인간 심리의 작동방식을 잘 알아야 하지만 즉흥적이면서 직관적으로 이해할 수 있는 능력을 잃지 않으려면 너무 많이 알아서도 안 된다고 생각했다. 위니캇에 따르면 의사들은 책에서 하라는 대로가 아니라 직관을 따를 때 최선의 행동을 취한다. 그런데 이런 생각은 현대 의학이 의료행위를 보는 관점에 충돌을 일으킨다. 의료행위는 측정과 재현이 가능해야 하며, 따라서 의료규제 표준을 정할 수 있어야 한다는 관점과 의료행위는 두 사람의 경험이 특정 순간에 결합하여 서로를 변화시키는, 사람과 사람 사이의 독특한 반응이라고 보는 관점으로 나뉘게 되는 것이다.

의사들이 충분한 의학적 근거를 지니고 있어야 함은 논쟁의 대상이 아니다. 하지만 과학적 지식이 의료행위가 끝나는 곳인지 시작되는 곳인지에 대해서는 의문의 여지가 있으며, 그 답은 사람마다 당연히 다를 수 있다. 어떤 환자들은 나 같은 보건의를 전문의를 만나기 위해 거쳐야 할 관문으로 보기도 하고, 어떤 환자들은 내가 과학계의 대표로서 그들의 건강 상태에 대해 사실만을 알려주기를 원한다. 그리고 이와는 정반대로 진료를 통해 보살핌을 받는다고 느끼고 싶어 하거나, 질병이 치료될 수 없을 때조차 회복할 수 있다는 자신감을 얻고자 하는 환자들도 있다.

'의사가 환자의 회복에 대해 확신하는 정도에 따라 그 환자의 병은 나을 수도, 낫지 않을 수도 있다.' 논픽션 작가 제이 그리피스Jay Griffiths는 정신건강 문제로 수차례 만났던 자신의 주치의에 대해 이렇게 썼다. 그리피스의 주치의는 이전에도 그녀가 병을 잘 이겨내는 것을 봤고 수년간 많은 사람들이 회복하는 것을 봐오며 얻은 확신을 그녀에게 끊임없이 불어넣었다. "'나아질 거예요. 나아지고 말고요"라는 말이 마치 주문처럼 잊히지 않았다.' 그리피스는 이렇게 덧붙였다. '이 말을 들은 후 내 마음속에는 믿음이 생겼고, 그렇게 믿었던 것 자체로 치료에 큰 도움이 되었다.'

존 로너가 환자의 엉뚱한 세 가지 문제를 조용히 듣고만 있었다면 환자의 진짜 문제를 해결할 수 없었을 것이다. 마찬가지로 그리피스가 자신의 상태에 대한 '사실'만 전해 들었다면 그녀는 결코 나을 수 없었을지도 모른다. 신체, 그리고 신체의 문제에 대해 이해하는 일은 의학에서 가장 쉬운 부분인 반면, 환자들마다 어떤 의사가 필요한지 아는 것은 훨씬 어려운 일이다.

　　수년 전, 나와 함께 일했던 한 보건의는 가끔은 환자가 어떤 고통을 겪고 있는지에 대해 귀 기울이고 알아주는 것이야말로 의사가 환자를 도울 수 있는 최선의 방법이라고 생각했다. 대신 그녀는 환자들의 이야기를 들을 때 일종의 방패를 상징하듯 두 손을 가지런히 모아 배 위에 올려뒀다. "그렇게 하면 진료실 안의 감정이 내게 내려앉지 않아요." 그녀가 설명했다. "배 위에 손을 얹고 나를 보호하면 감정들은 튕겨 나가거든요." 내가 아는 또 다른 의사는 간단한 의사소통만 가능한 언어를 쓰는 나라에서 일했을 때 환자들이 하는 말을 잘 알아듣지 못해 진료가 거의 불가능할 정도였지만, 자기가 환자들 사이에서 인기가 아주 많았으며 놀라운 치료 결과를 내기도 했다며 이렇게 말했다. "환자들이 하는 말의 절반밖에 못 알아들었지만, 환자들은 제가 주의 깊게 듣고 있다는 것에 정말 고마워하는 것 같았어요." 바이러스 후 피로증후군에서 서서히 회복되고 있던 환자와 오랫동안 상담했던 일도 생각난다. 나는 상담 내내 거의 말을 안 했지만 놀랍게도 상담이 끝났을 때 내가 많은 도움이 되었다는 이야기를 들었다. "제가 딱히 말씀드린 것도 없는 걸요." 나가는 문 쪽으로 함께 발걸음을 옮기며 말하자, 환자가 대답했다. "그래도 들어주셨잖아요."

　　우리가 회복에 대한 희망을 품고 의사를 마주할 때, 중점을 둬야 할 부분은 질병의 생물학인가, 아니면 그 일대기인가? 여기에 대한 답은 불분명할 수 있으나, 둘 다 우리가 어떻게 위기에 봉착하여 진료실로 오게 되었는지에 대해 깊이 이해하는 방법이 될 수 있다. 생물학과 일대기는 똑같이 병을 이해하는 타당한 방법이다. 존 로너의 표현에 따르면 의사는 평생 질병의 진단과 경험의 해석 사이의 칼날 위에서 일한다. 질병과 싸워 이기는 방법을 찾기 위해 자신이 앓는 병을 과학적으로 이해해야 하는 사람이 있듯, 질병을 해피엔딩으로 이어질 법한 하나의 이야기로 이해해야 하는 사람도 있다.

누군가에게는 근거 없는 확신이 짜증스러울 수 있다. 문학 비평가 아나톨 브로야드 Anatole Broyard는 전립선암으로 투병 중이었을 때, 의사가 자신의 눈치를 살피며 너무 조심스럽게 대하기보다 가볍게 농담도 하고, 어떨 땐 그를 치켜세워주기도 하면서 가식적인 위로 대신 지금도 잘하고 있다며 응원해 주기를 원했다. 그는 또한 자기가 가장 좋아하는 의사로 책을 좋아하는 의사를 꼽았다. '성 루가St. Luke도 의사였지 않은가. 혹은 의사였던 체호프Chekhov가 주치의라고 상상해 보라. 시인이었던 윌리엄 카를로스 윌리엄스William Carlos Williams, 소설가였던 워커 퍼시Walker Percy, 혹은 의사이기도 했던 라블레Rabelais가 주치의라면? 세상에, 그 이름만 불러도 병이 낫겠다!' 그가 경험한 한 의사는 너무 유순하고 점잖아서 질병처럼 포악한 것과 싸워 이길 수 없을 듯했다. 또 어떤 의사는 너무 개성이 강했다며 '약간 의료계의 도널드 트럼프 같은 느낌이었는데 … 그가 입은 아주 기이한 정장은 그가 내리는 판단을 의심할 수밖에 없게 만들었다'라고 했다. 브로야드에게 이상적인 의사는 위엄 있고 차분하면서 박식하기까지 한 거의 있을 수 없는 인물이자, 문학 비평가인 자신처럼 의학에 대해 비평할 수 있는 '유능한 의사이면서 약간은 형이상학자이기도 한' 의사였다. 브로야드도 '환자가 너무 많은 질문을 하면서 매사에 참을성도 없으니 의사는 대답을 하려다가도 우롱당하는 듯한 기분을 느낄지도 모르겠다'라며 이상적인 의사에 관한 자신의 기대가 지나치다고 생각했다. 최고의 의사들은 직감을 사용하여 환자마다 어떤 의사가 필요한지 판단하지만, 간혹 요구사항이 너무 독특하거나 지나쳐서 이를 만족시키기가 불가능하기도 하다.

그럼 우리는 의사에게 무엇을 바랄 수 있는가? 의사가 환자를 치료할 수 없을 때 느끼는 실망감에 익숙해지듯이, 환자 역시 의사에게 모든 질병을 낮게 해주길 기대한다면 실망하게 될 것이 뻔하다. 나는 나 자신을 치료자보다는 안내자로 생각해야 더 이롭다는 것을 깨달았다. 30년간 의료 현장에서 질병의 풍경을 수많이 봤지만, 결코 전부를 본 적은 없으며 앞으로도 마찬가지일 안내자 말이다. 나는 내가 잘 알고 있는 질병의 풍경 곳곳에 있는 환자들을 돕고 싶고, 나에게도 생소한 풍경들에서는 내가 할 수 있는 유익한 경험은 무엇이고 다른 이들은 어떤 전문지식을 갖고 있는지 찾아보고 싶다. '안내자로서의 의사'라는 개념은 고대 때부터 있었다. 최초의 공공 병원을 세웠다고 전해지는 4세기 동지중해의 성인 바실리우스St. Basil는 망망대해를 항해할 때 우리가 조종사에게 키를 맡기듯 의사에게도 그런 안내를 요청해야 한다고 말했다.

브로야드도 알고 있었던 것처럼 질병과 부상으로 고통받는 사람들을 보는 것은 의사들에겐 매일의 일상이지만, 환자를 의사 앞에 서게 한 어떤 문제는 그 환자의 일생일대의 위기일 수도 있다. 응급실에서 일하다 보면 이를 실감하게 된다. 병원에는 거의 15분에 한 번씩 환자가 들어오지만, 환자들에게는 그 상황이 아마 그 해에, 혹은 10년 중에, 어쩌면 인생을 통틀어 가장 끔찍한 일일지도 모른다. 대부분의 의사는 이런 상황에서 받는 충격에 대처하기 위해 직업정신으로 중무장하여 이성을 잃지 않으려 한다. 하지만 브로야드의 관점에서 보면, 그런 중무장을 거부하고 환자들의 이야기에 가슴 아파할 줄 아는 의사는 그가 겪은 괴로움을 충분히 보상받을 것이며, 인간성의 성숙에 지대한 공헌을 이뤄낼 것이다.

　　의사들마다 서로 성향이 다를 뿐 아니라, 의학과 회복에 대해서도 다르게 접근한다는 사실은 기뻐해야 할 일이다. 의사와 서로 다른 언어로 말하고 있다고 느끼는 환자가 있다면 의사를 바꾸거나 적어도 둘 사이에 이해가 부족하다는 점을 인정해야 한다. 진료가 도움이 되지 않기를 바라는 의사는 없다. 하지만 의사를 바꿀 때는 조심해야 한다. 정치인들이 원하는 바가 무엇이든 간에 의료 서비스는 절대 일반적인 의미의 시장이 될 수 없다. 그러기에는 위험성이 너무 크다. 의료는 유사성을 비교할 기회가 거의 없기 때문에 의사와 처방에 대한 신뢰가 더없이 중요하다. 가게 주인을 신뢰할 필요가 없는 쇼핑과는 전혀 다른 것이다.

나는 의사로 일하면서 새로운 질병의 풍경 속에 있는 환자를 친절히 안내하는 일이 전혀 효과를 발휘하지 못하는 경우도 수없이 마주했다. 그러면 관계는 무너지고, 질병은 돌변하며, 다른 가능성에 대한 환자들의 기대는 의사나 간호사의 능력 그 이상으로 치솟는다. 모든 치료적 관계에서 제일의 미덕은 믿음이다. 믿음이 사라지면 치료는 매우 힘들어진다.

내 이야기 쓰기

10

소설 ≪모비 딕<sup>Moby Dick</sup>≫에는 주인공 이슈마엘이 병으로 죽어가는 친구 퀴케그를 보며 애통해 하는 장면이 있다. 폴리네시아 출신 고래잡이인 퀴케그는 질병과 신체 회복에 관해서 미국인과는 전혀 다른 관념을 가지고 있었다. 작가 멜빌<sup>Melville</sup>이 그려낸 퀴케그는 자신이 곧 죽는다는 것을 확신하고 스스로 관을 만들어 그 안에 들어간다. 그런데 죽음을 앞두고 관 속에 누워 있던 퀴케그에게 육지에서 꼭 하고 싶은 일이 떠오르고 그 후 곧바로 회복한다.

동료 선원들이 그에게 죽느냐 사느냐가 선택과 의지력의 문제인지 묻자, 퀴케그는 '물론이지'라고 답한다. '퀴케그는 인간이 살고자 마음먹으면 고래나 폭풍, 혹은 인간의 힘으로 어찌할 수 없는 무지막지한 파괴자 같은 것이 아니고서야 단순한 질병쯤으로는 죽지 않는다고 자부했다.'

무지막지한 파괴력 때문에 물리칠 수 없는 질병도 있지만, 의지력으로 극복할 수 있는 질병이 있다는 생각에는 강력한 힘이 있다.

플라시보 효과를 낸다고 알려져 있는 우리의 정신력은 다시 건강해지는 데 엄청난 영향을 끼친다. 회복은 결코 그런 의지력의 문제가 아니지만, 그래도 때로는 마음가짐에 따라 영향을 받을 수 있다. 신약이 나올 때마다 비교·평가의 대상이 되는 위약은 세상에서 가장 많은 시험을 거친 약이며, 수많은 연구에서 위약의 놀라운 효과가 증명되고 있다. 위약을 의미하는 'placebos'라는 영어 단어 자체에 '기쁘게 해주리라'라는 의미가 담겨 있는 것처럼 위약은 실제 약물 등의 의료적 개입이 어떤 이점을 주든 상관없이, 가끔은 우리가 스스로 병을 통제하여 그 결과에 영향을 끼칠 수 있는 것처럼 느낄 필요가 있다는 것을 보여주며, 그렇게 느끼도록 도와준다. 흥미롭게도 위약은 색깔에 따라 효과가 다르다. 빨간색, 노란색, 주황색은 통증을 줄이거나 흥분제로 사용할 때 더욱 효과적인 반면, 파란색과 초록색은 진정제로서 더욱 효과적이다. 또한 타블렛 형태보다 캡슐 형태가 더 효과가 좋다.

위약이 우리의 기대를 조작해서 병을 치료할 수 있다면 그 기대는 우리를 아프게 하는 면에서도 똑같이 강력하다고 말할 수 있다.

수잔 오설리반Suzanne O'Sullivan은 과거에 '심신증'으로 불렸던 '기능성 장애'를 전문으로 하는 영국의 신경학자이다. 수잔은 저서 ≪병의 원인은 머릿속에 있다It's All in Your Head≫와 ≪잠자는 공주들The Sleeping Beauties≫에서 여러 치명적인 장애가 종양이나 음독, 감염, 염증에 의해서가 아니라 변화무쌍한 생물학적, 심리학적, 사회학적 의미가 복잡하게 상호작용하면서 발생할 수 있다고 설명한다. 강철, 목재, 석재와 같은 재료에 가해지는 압력을 설명하기 위해 공학 분야에서만 사용되던 단어 '스트레스'가 의학 분야에서도 쓰이게 된 것은 비교적 최근이며, 심리적 문제로 인한 질병은 늘 스트레스 때문에 발생한다고 여겨지곤 한다. 하지만 오설리반은 살면서 특정 스트레스에 시달린 적이 없는 수많은 환자들을 만났다. 그 환자들의 병은 오히려 집단 히스테리를 발생시키는 방식과 똑같이 그들의 믿음과 기대 때문에 생겨났다. 예를 들어 빨간색 알약이 흰색 알약보다 효과가 더 좋을 것이라 믿는 경향이 있듯이 자신의 병에 대해 어떻게 믿는지에 따라 신체적 느낌이나 병으로 인한 결과가 완전히 달라진다.

나는 한 환자에게 혈액검사 결과에서 심한 빈혈이 나왔다는 사실을 알려주기 위해 전화를 건 적이 있었다. 그때 그는 밖에서 자전거를 타고 있었고 별 어려움 없이 이미 3~4킬로미터를 달린 상태였다. 하지만 빈혈이 있다는 사실을 알고 나자 상황은 완전히 바뀌었다. 숨이 차기 시작한 그는 결국 왔던 길을 자전거를 타고 되돌아갈 수 없었다. 또 다른 환자는 시야의 왼쪽이 전혀 보이지 않는 이유가 왼쪽 눈에 부상을 입은 탓이라고 믿었다. 하지만 인체 해부학적으로 한쪽 눈을 다치면 반대편 시야에 영향을 주며, 따라서 왼쪽 눈을 다치면 오른쪽 시야에 지장이 생긴다는 사실을 환자는 미처 알지 못했다. 즉, 해부학적으로는 왼쪽 시야에 장애가 생기는 것이 불가능했지만 그럼에도 이 환자에게는 실제로 일어난 일이었다.

　　병에 대한 믿음은 놀라울 만큼 위력적이라서 죽을 것이라 예상하면, 혹은 그렇게 믿으면 실제로 죽기도 한다. 오설리반은 1970~1980년대에 미국에서 난민 지위를 인정받은 라오스의 허몽족 사이에 '사망'이 전염병처럼 퍼졌던 사건을 설명한 적이 있다. 새로운 보금자리가 그들에게 적대적이며 그들의 존재로 인해 당혹스러워한다고 생각한 허몽족은 잠이 든 상태에서 실제로 많은 수가 죽어 나갔다. 생물학적 근거가 전혀 발견되지 않은 허몽족의 죽음에 대해 오설리반은 어쩌면 절망적인 감정이 원인이었을 수 있다며 이렇게 말한다. '허몽족은 그들의 동족들이 악몽을 꾸다가 공포에 질려 죽었다고 주장했다. 이보다 더 나은 설명을 한 사람은 없다.'

내가 스코틀랜드 고지의 작은 병원에서 일하고 있었을 때, 한 여성이 자신의 칠순 생일날 동네에서 멀리 떨어진 이 병원으로 이송됐다. 어안이 벙벙했던 주치의가 보낸 편지에는 성서에서 인간의 수명을 70년으로 정해 놓았기 때문에 이 여성은 자신이 곧 죽을 것이라고 굳게 믿고 있다는 내용이 적혀 있었다. 주치의가 무슨 말을 해도 그녀의 생각을 바꿀 수 없었다. 할 수 없이 내가 있던 병원으로 보내진 이 여성에 대한 검사 결과, 건강에는 아무런 이상이 없는 것으로 판단되었고, 다음 날 집으로 가는 교통편이 마련되었다. 하지만 바로 그날 밤, 그 여성은 그대로 사망했다. 부검에서도 아무런 이유를 찾지 못했다.

퀴케그가 자신의 의지로 관에서 나온 것처럼 의지력만으로 다시 건강해질 수 있다면 얼마나 좋을까. 하지만 당연하게도 회복은 그렇게 간단하지 않다. 다만 때로는 질병에 대해 새롭게 이해하고, 기대를 바꾸고, 교육을 받고, 믿음을 재평가함으로써 회복을 도울 수는 있다. 후자에 대한 예로 오설리반은 척추 디스크가 자신의 척수를 관통했다고 믿으며, 이 해부학적 오해 때문에 실제로 신체가 마비된 한 환자의 사례를 들었다. 이 환자는 척추에 대한 해부학적 설명을 자세히 듣고(내 진료실에 플라스틱 뼈 모형이 걸려 있는 이유이기도 하다), 물리치료사의 치료와 따뜻한 격려를 받고 나서야 척추 디스크가 척수를 관통하거나 다리를 마비시키는 일이 불가능하다는 사실을 차츰 이해했다. 그동안 오해했다는 사실을 깨닫자 환자는 회복되기 시작했다.

이렇게 인체의 구조와 기능을 이해하면 회복에 도움이 되기도 한다. 팔다리가 절단된 사람들은 거울로 신체를 보는 것만으로도 수술로 절단된 팔다리가 아직 붙어 있는 것 같은 착각이 드는 고통스러운 환지통에서 성공적으로 벗어날 수 있다. 오래전 우리가 보았던 구식 마술들이 물체를 순식간에 사라지게 하듯이 고통도 그렇게 사라지는 것이다.

우리는 몸과 마음으로 이루어진 복잡한 존재이지만, 어떻게 믿는지에 따라 증상을 다르게 이해하는 존재이기도 하다. 우리는 신체를 아주 다양한 차원에서 경험하며, 우리의 감각은 우리의 기대에 의해 영향을 받는다. 그런데 이러한 치유에 관한 이야기들을 쉽게 찾을 수 있다고 권유하거나, 찾더라도 환자들을 치료하는 데 그런 이야기들을 활용할 수 있다고 제안하는 사람이 없다. 마비와 관련된 인체구조를 이해하는 것부터 바이러스 후 피로증후군에 시달리는 삶을 받아들이는 것까지, 어떨 때는 우리의 경험을 이해할 수 있게 해 줄 새로운 이야기를 찾는 것이 회복으로 가는 최고의 방법이다. 비록 그 이야기가 늘 해피엔딩으로 끝나지는 않더라도 말이다. 이야기가 다른 전개로 다시 써질 수도 있다는 사실을 받아들일 때, 우리는 올바른 방향으로 힘찬 한 발자국을 내디딜 수 있다.

간병하는 사람들에 관해

11

예전에 내가 일했었던 열대지방의 한 어린이 병동에서는 간호사가 부족하여 말라리아에 걸려 생명이 위태로운 아기와 어린아이들을 대부분 엄마들이 직접 돌봐야 했다. 아이들은 심한 고열로 자주 발작을 일으켰고, 간호사들은 엄마들에게 미지근한 물에 적신 수건으로 아이들을 닦아 열을 떨어뜨리는 법을 보여줬다. 간호사들의 이런 시범과 더불어 아이들을 먹이고, 씻기고, 열을 떨어뜨리는 필수적인 모든 일들이 삶과 죽음의 차이를 만들어냈다.

어린 시절 아팠던 경험을 떠올렸을 때 따뜻한 사랑의 손길로 보살핌을 받았던 기억이 난다면 그 사람은 참 복 받은 사람이다. 어른이 되고 나서도 그런 보살핌을 받는 경험은 나이에 상관없이 우리 인생의 소중한 부분을 차지한다. 코로나19 사태를 겪으며 영국에서는 아무런 보상 없이 환자를 돌보는 보호자들이 매일 5억 파운드에 해당하는 세금을 절약한 것으로 추정되고 있다. 말라리아 병동에 있던 엄마들처럼 직접 생명을 구하는 개입이든, 아니면 휠체어를 밀어주거나 면도를 도와주고 침대로 수프를 가져다주는 등의 소소한 도움이든, 사랑하는 사람을 돌볼 수 있는 것은 인간애의 본질적인 면인 것 같다.

하지만 간병은 매우 고된 일이기도 하다. 내가 사는 도시의 보컬Vocal이라는 간병인 자선단체에서는 오후 시간과 저녁 시간에 유익한 사교모임을 열어 동료 지원peer support(비슷한 입장에 있는 사람들이 서로 공감하고 위로하며 도와주는 것—옮긴이)이나 정서적 지원을 제공해 줄 뿐 아니라 보호자가 밤사이 잠시 쉬거나 휴가를 떠날 수 있도록 간호를 대신해 주는 등 실용적이고 재정적인 도움을 준다. 때때로 집안일까지 도와 주기도 하는 이러한 자선단체는 이외에도 케어러스 유케이Carers UK, 케어러스 트러스트Carers Trust, 에이지 유케이Age UK, 알츠하이머 소사이어티Alzheimer's Society 등 여러 군데가 있다. 내가 담당하는 환자들 중 한 명을 위해 최근 보컬 웹사이트를 확인해 봤더니, 곧 있을 워크숍들은 수면 문제, 공감피로증, 슬픔에 대한 조언과 특정 장애에 관한 정보, 독서 모임의 상세 일정 등으로 구성되어 있었다.

이런 간병인 지원은 코로나 팬데믹 봉쇄령이 내려진 동안 급감했고, 그 결과 환자들의 생활은 굉장히 힘들어졌다. 그리고 환자 본인에게 만큼이나 간병인에게 도움이 됐던 프로그램들이 곳곳에서 중단되면서 특수 교육이 필요한 아이들과 신체장애가 있는 성인들, 치매를 앓는 사람들 모두 어려움을 겪었다. 나 또한 환자뿐만 아니라 보호자를 살펴야 할 책임이 있는 주치의이지만 가끔은 그들이 하는 말에 공감해 주거나 자선단체에 전화를 걸어 보는 일밖에 할 수 있는 일이 없을 때가 있다. 나는 능력이 되는 한, 더 많은 일을 할 수 있기를 바라고 있다.

간병을 하게 되면 삶이 완전히 바뀔 수도 있다. 1999년, 기자 앨런 리틀Allan Little이 모스크바에서 BBC 방송국의 러시아 특파원으로 일하고 있을 당시, 런던에서 살고 있던 그의 연인 시나 맥도날드Sheena McDonald가 교통사고를 당했다. 시나는 머리를 심하게 다쳐 그 자리에서 의식을 잃었고, 앨런이 사고 소식을 들었을 때 그녀는 중환자실에서 산소호흡기에 의존하고 있었다.

소식을 들은 지 몇 시간 만에 급히 런던에 도착한 앨런은 유니버시티 칼리지 병원University College Hospital 중환자실에서 2주간, 이후 런던 퀸 스퀘어Queen Square에 있는 신경 전문 병원 뇌손상실에서 5주간 시나의 병상을 지켰다. 하지만 회복 과정에서는 흔히 그렇듯이 진짜 어려운 일들은 시나가 퇴원해도 될 정도로 좋아졌을 때 시작되었다. 앨런과 시나가 신경심리학자 게일 로빈슨Gail Robinson과 함께 쓴 책 《뇌손상 후 다시 삶을 되찾기까지Rebuilding Life after Brain Injury》에서 앨런은 환자가 회복하는 동안 배우자나 연인, 부모, 자식, 간병인이 반드시 수행해야 하지만 소홀히 여겨지는 중요한 역할에 대해 감동적으로 기술한다. 이 놀라운 책에는 뇌손상에서 회복된 사람이 들려주는 뇌손상에 대한 이야기, 회복 중인 환자의 보호자가 들려주는 간병 이야기, 그리고 이러한 손상을 입은 환자가 최대한 회복되도록 어떻게 도울 수 있는지에 대한 임상 지침이 담겨 있다.

뇌손상은 기억과 활력, 사회적 행동, 감정, 언어능력을 동시에 공격하므로 특히 치명적이다. 이런 손상을 입은 환자의 주보호자는 환자의 수발을 드는 것 외에도 사랑하는 사람과 세상 사이에 서 있는 통역사로서 해명하고, 양해를 구하고, 보호하고, 격려하는 등의 수많은 일을 해야 한다. 앨런이 시나를 위해 이 모든 일을 수개월째 하고 있던 어느 날, 저녁 식사를 마치고 친한 친구가 그에게 물었다. "그럼 너는? 너는 누가 챙겨줘?" 시나의 사고 이후 처음으로 누군가 자신에 대해 걱정해 주는 말을 들은 그는 흐느껴 울 수밖에 없었다.

2019년, 나는 에든버러 국제 도서 축제 Edinburgh International Book Festival에서 시나 맥도날드, 앨런 리틀, 게일 로빈슨과 대화를 나누는 자리를 주재하며 환자와 보호자, 그리고 의사의 입장에서 느끼는 회복의 어려움에 대해 이야기하는 시간을 가졌다. 게일은 앨런이 오랜 시간 동안 시나 옆을 든든하게 지켜준 덕분에 시나가 놀라울 정도로 안정적으로 회복될 수 있었다고 말했

다. 그런데 앨런에게는 다시 이전의 삶으로 돌아
갈 수 있으리라는 생각을 포기했던 것이 큰 도
움이 되었다. 그는 이렇게 말했다.

"환자의 보호자가 된다는 것은 나의 삶, 나
의 우선순위, 나의 가치와 희망과 야망뿐 아
니라 세상에서 나의 존재감, 내 주위 사람들
과의 관계라는 궤도를 바꾸는 여정입니다 …
낯선 언어를 쓰는 미지의 나라에 지도도 없
이 들어가는 것이죠."

뇌손상 후 재활에 관한 책에서 신경심리
학자 뮤리엘 레작Muriel Lezak과 토마스 케이Thomas Kay
는 이렇게 제안한다. '회복되기를 끊임없이 기대

하다 보면 환자와 그 가족은 현실을 부정하거나 좌절감과 실망감을 느끼게 되며, 심하면 극도로 비현실적인 기대를 품거나 말도 안 되는 계획을 세울지도 모른다 … 우리는 최대한 호전되길 바라는 입장에서 이야기하고 싶어 한다. 그러나 그것은 처음부터 현실적인 기대에 기반해야 한다.' 이는 냉철한 생각이기는 하지만 다양한 형태를 띨 수밖에 없는 회복의 과정을 직시하게 해주는 조언일 것이다. 앨런이 자신과 시나의 삶이 돌이킬 수 없을 만큼 바뀌었다는 사실을 받아들였다고 했을 때, 나는 상실의 슬픔과 함께 살아가는 데니즈 라일리Denise Riley의 회고록 ≪흐르지 않고 살아간 시간Time Lived, Without Its Flow≫이 떠올랐다.

"지금 해야 할 일은, 현시점에 당신에게 남겨진 그 자리에서 평정심을 잃지 않고 어떻게든 최대한 기운차게 살아가는 것이다."

치료법

12

마법에 가까운 치료법은 거의 없지만, '회복기 혈장convalescent plasma'은 그렇게 보일 수도 있을 것 같다. 회복기 혈장은 완치환자의 혈액에서 액체 성분만 추출한 것으로, 특정 감염병을 이겨낸 기증자의 혈액에는 허약한 사람이 앓고 있는 동일한 질병과 맞서 싸울 수 있는 항체로 가득하다. 회복기 혈장을 결코 완벽한 치료법이라고 할 수는 없겠으나, 원래 항체가 없었던 몸에 면역반응을 일으켜서 혈장을 받지 않았더라면 면역체계가 물리칠 수 없었을 병과 싸워 이겨낼 수 있도록 해준다는 점은 분명하다.

세균과 바이러스의 공격을 막는 최고의 방법은 예방인데, 그러기 위해서는 감염을 물리칠 만큼 몸이 건강하고 힘이 있어야 한다. 회복기 혈장은 어떤 사람의 건강과 힘을 빌려 다른 사람의 몸에 불어 넣는 것과 같다. 2020년 초, 제2형 중증급성호흡기증후군 코로나바이러스 SARS-CoV-2 팬데믹이 전 세계로 확산되자 코로나19 중증 폐렴의 치료법을 개발하려는 여러 연구에서 회복기 혈장을 '골드 스탠더드gold standard' 치료법으로 사용했다. 코로나19가 워낙 신종감염병이었기에 비교할 만한 다른 기준 치료법이 딱히 없었기도 했다.

이 치료 방식은 신생아를 보호하기 위한 자연의 동작 방식과 유사한데, 자궁이라는 자연 그대로의 환경에서 자란 아기는 엄마의 태반에 있는 항체를 전달받아 세균과 바이러스에 맞설 수 있게 된다. 사실 이 항체 덕분에 아기는 태어나기도 전에 감염에 맞설 대비를 할 수 있으며, 태어난 후에도 모유를 통해 계속 항체를 전달받는다. 아기가 모유를 계속 먹는 한 엄마의 몸에서는 지역사회에 돌고 있는 바이러스에 대항할 항체들을 내보낸다. 외부에서 보면 항체를 전달받는 이런 시스템은 완벽한 치료법처럼 보인다.

하지만 회복기 혈장의 몇 가지 문제점 중 하나는 항체는 변화무쌍하며, 손상되거나 분해

되기 쉽고, 자주 보충해 줘야 한다는 점이다. 또한 혈장은 마련 비용이 비싸고, 신체의 입장에서는 외부물질로 여겨진다. 더 나은 해결책은 역시나 예방을 위해 효과적인 백신을 만드는 것이다. 백신은 신체가 질병에 걸리지 않고도 자체 항체를 만들도록 가르친다. 하지만 광견병과 같은 일부 질병을 제외하면 백신접종은 단기간 내에 효과를 내지 못하며 발병이 되기 전에 접종이 완료되어야 한다. 그럼에도 2021년 동안 고연령대 사람들부터 다달이 순차적으로 백신을 접종하자 입원율이 크게 떨어지는 효과를 볼 수 있었다.

신체가 스스로 항체를 만들어내면 항체의 기능 수행 능력이 더 좋아지는 것처럼 빈혈

치료도 똑같다고 할 수 있다. 내가 막 의사가 되었을 당시, 의사들은 헤모글로빈 수치가 정상 수치의 3분의 2 밑으로 떨어진 사람에게 수혈 처방을 내리곤 했다. 하지만 다른 사람의 피를 환자의 정맥에 주입하면 혈액검사 결과에 나오는 헤모글로빈 수치는 좋아지더라도 새 혈액이 정상적으로 기능을 수행하지 않는다는 것을 그 당시의 의사들은 몰랐다. 냉장고에서 보관된 혈액은 너무 오래되어 신선하지 못했으며, 수혈자에게는 이질적이었다. 더욱 최근에는 다른 사람의 혈액을 1~2리터가량 주입하는 것보다 환자가 휴식을 취하고 영양소를 고루 섭취하면서 자체적으로 만들어내는 혈액으로 빈혈에서 천천히 회복되도록 하는 것이 더 좋다고 증명되었다. 때로는 느린 회복이 가장 효과적이다.

100년 전 의사들은 회복을 돕기 위해 온갖 종류의 '강장제'를 처방했는데, 이런 약물의 효과 중 얼마큼이 플라시보 효과의 덕을 봤는지는 알 수 없다. 강장제에는 보통 철분과 소량의 카페인, 그리고 비타민이 약간 들어 있었다. 액상형이나 타블렛 알약으로 나왔던 '이스턴 시럽 Easton's syrup'은 여기에 키니네quinine와 스트리크닌 strychnine 성분을 더했고, 효과가 매우 좋다고 여겨져 극지 탐험가들도 몇 개씩 챙겨 남극을 다녀왔다. 노래 '릴리 더 핑크Lily the Pink'에 나오는

'베지터블 컴파운드Vegetable Compound'는 1870년대에 처음 출시된 후 '세계 최고의 치료제'로 불렸다. 토머스 비첨Thomas Beecham의 유명 가루약도 처음에는 강장제로 나왔다. 1~2주에 한 번씩은 내게 강장제를 처방해 달라고 오는 환자들이 꼭 있는 것을 보면 과학적 의학에서는 식사와 영양분이 회복의 핵심이라는 오래된 믿음을 거의 버렸지만 대부분의 환자들은 그러지 않은 것 같다. 의사로서 경험이 많지 않았을 때, 나는 환자들에게 강장제의 효과에 대해 회의적으로 본다는 생각을 설명하려 했다. 하지만 정말 많은 환자가 그 효과를 확실히 믿고 있었다는 점을 고려하면 지금은 오히려 그 믿음을 활용하여 환자용 규정

식단을 출력해 주면 더 낫겠다는 생각이 든다. 적어도 효과를 기대하는 환자들이 있을 테고, 기대는 강력한 치료제이기 때문이다.

치료는 꼭 알약이나 시럽과 같은 것을 삼키거나 무언가를 주사로 주입해야만 한다는 생각은 잘못됐다. 파킨슨병을 앓는 사람은 댄스 동호회에 참가하는 것이 약물만큼이나 효과적일 수 있다. 폐기종이 있는 사람은 합창단 가입이 최고의 방법일지도 모른다. 발레와 요가는 몸의 힘과 균형을 개선해 잘 넘어지지 않도록 하며, 걷기나 원예 동호회가 어떤 이의 정신건강과 신체건강, 자신감을 놀라울 정도로 바꿔 놓는 것도 봤다. 이런 추천을 의사가 하면 '사회적 처방social prescribing'이라는 용어를 써서 그 의미를 한정시키려고 한다. 하지만 외로운 사람이 동호회에 들어가거나, 주로 앉아서 생활하는 사람이 몸을 움직이려 하는 것은 지극히 상식적인 행동이자, 건강을 양극단 사이에서 균형을 찾는 것으로 보는 오래된 생각과 일치한다.

예전에 나를 찾아 온 어떤 도박중독자 환자를 채무상담가에게 보냈더니 치료 효과가 가장 좋았다. 배를 쫄쫄 굶으면서 약에만 의존하던 한 여성에게는 푸드 뱅크로 보낸 것이 가장 효과적이었다. 찬장에 있는 음식을 충분히 먹고 나자 이 여성은 마음이 평온해져 중독 증세를 다스릴 수 있었다. 또, 최근에 배우자를 잃은 건강한 은퇴자에게는 자원봉사 단체가 가장 큰 도움이 되었고, 아이 셋을 데리고 폭력적인 남편에게서 도망친 여성에게는 여성지원단체로 거는 전화 한 통이, 비좁고 습한 빈민가의 집에서 살던 이민 가정에게는 주택담당부서로 보낸 편지가 그랬다.

의사로서 의학적 해결책이 없는 문제를 마주하는 일은 답답한 일이며, 사회 곳곳에서 이러한 치료에 대해 의사의 소견을 요구하는 것도 똑같이 안타까운 일이다. 최근 채소류를 처방할 책임이 의사에게 주어져야 한다는 영국 정부의 주장이 좋은 예인데, 건강하게 먹지 못하는 사회·경제적 원인은 해결하지 않고 빈곤을 의료문제로 둔갑시켜 의료적 차원에서 해결하도록 떠넘기는 사람들이 있다. 의사가 동호회나 좀 더 나은 주거환경, 푸드 뱅크를 추천하기 위해 특별히 훈련받는 것은 전혀 없으며, 이런 치료법은 모두에게 열려 있어야 한다. 우리는 사실상 사회적이고 정치적인 문제를 해결하기 위해 의사에게 의지할 필요가 없으며, 내가 느끼기에 우리 사회는 의료 서비스가 제공해줄 수 있는 수준 그 이상을 이미 요구하고 있다. 하지만 의학의 궁극적인 목표를 달성하기 위해서는 질병의 근원이 무엇이든, 어디에 있든 간에 그 근원에 대해 폭넓게 이해해야 하는 것도 사실이다.

히포크라테스는 인간이 태양의 이동과

토양의 질, 바람의 방향에 영향을 받아 아프다
고 했다. 어떻게 보면 그의 말이 맞다. 오늘날 사
람들은 공기오염이나 영양결핍, 혹은 토양 속에
든 독성 때문에 죽기도 하며, 코로나19를 겪으며
비타민D 부족과 위중증 증상 사이에 연관성이
매우 두드러지게 나타난 것처럼 태양을 통해 얻
을 수 있는 비타민D는 신체의 질병 대항력에 영
향을 미친다. 자외선에 취약한 흰 피부를 가진
사람들이 햇빛을 피하며 피부암의 위험에서는
멀어졌을지 모르나, 일부 사람들은 너무 극단적
으로 햇빛을 피하면서 뼈가 약해지고 면역체계
가 무너졌다.

아주 넓은 의미에서 치료법을 나열해 보

자면 완치자의 혈액이나 엄마의 모유, 강장제, 노래 부르기, 정원 가꾸기, 태양과 바람, 푸드 뱅크, 요가 등이 모두 포함될 것이다. 그런데 그 무엇보다 더욱 효과적일 수 있어서 내가 가끔 추천하는 치료법은 따로 있다.

심리치료사 칼 로저스Carl Rogers는 정서적·심리적 고통을 받는 환자에게 '무조건적 긍정적 존중unconditional positive regard'이 필요하다고 주장했다. 환자들이 고통을 자초했다고 생각될지라도 탓하지 않고 훌륭한 정신적 관용을 베풀면서 모든 사람에게 상냥하고 인정 있게 말하는 사람은 존재하긴 하겠지만 드물다. 대신 이런 사람을 찾는 것보다 더 쉬운 방법이 있다. 운동을 장려하

고, 걱정거리를 잠시 잊게 해주며, 지속적인 우정
까지 덤으로 느낄 수 있는 이 방법은 바로, 반려
동물을 키우는 것이다.

# 아픔의 보기 드문 장점들

13

몇 년 전, 나는 두 명의 중년 남성 환자들을 돌보게 되었는데, 이들은 몇 주 차이로 심장마비로 쓰러졌다가 전기충격 요법을 받고 다행히 목숨을 건졌다. 두 남성의 왼쪽 쇄골 밑에는 심장과 직접 연결된 삽입형 자동제세동기가 이식되어 그 부위의 피부가 성냥갑이나 지포라이터처럼 볼록하게 튀어나와 있었다. 만약 누구라도 심장이 불규칙하게 뛰며 다시 쓰러진다면 변화를 감지한 제세동기가 심장에 충격을 가해 다시 정상적인 리듬을 되찾게 할 것이었다.

이 두 남성 중 한 명에게는 죽을 뻔했던 경험과 그로 인해 느낀 인생의 허무함, 그리고 이식된 제세동기에 의지하여 살아야 하는 삶이 큰 충격으로 다가왔다. 그는 공황 발작을 일으키기 시작했고, 쇄골 아래에 튀어나온 곳을 끊임없이 만지작거리며 제세동기가 제대로 작동하지 않을지도 모른다는 생각에 늘 마음을 졸였다. 관리자로 일하고 있었던 그는 심장 마비를 겪은 후, 일을 계속할 수 없는 상태가 되었다. 그는 혼자 있는 것을 두려워했고, 밤마다 불면증에 시달리기 시작했다.

또 다른 남성도 거의 똑같이 죽다 살아났지만 그에게 이 경험은 감사함을 깨닫는 계기가 되었다. 그는 원래 죽었어야 했을 자신이 새 삶을 선물 받았으며, 한때 그를 지겹도록 괴롭혔던 사소한 짜증들도 모두 사라진 것 같다고 했다. 지금 이 공기를 마실 수 있고, 이 땅을 걸을 수 있고, 손자들을 볼 수 있는 것만으로도 충분했다. 늘 절제하며 살았던 그는 이제 호사스러운 식사와 고급 와인을 즐기고, 이전에는 생각도 못했던 곳으로 휴가를 떠나기 위해 이곳저곳에 예약 전화를 걸었다.

그는 죽었었다. 하지만 다시 살아났다. 그렇게 새로 얻은 그의 삶은 풍요로움과 온화함, 감사함으로 가득 차 있었다.

이 이야기를 생각하면 죽을 고비를 넘겼

던 소설가 매기 오파렐Maggie O'Farrell의 반응이 떠오른다. 오파렐은 어린 시절 감염성 뇌염에 걸려 목숨을 잃을 뻔했었다. 뇌를 감싸고 있는 막에만 영향을 미치는 뇌수막염과는 달리 뇌염은 뇌세포 자체에 영향을 주므로 치명적인 결과를 초래할 수 있는 병이다. 오파렐이 병을 앓으며 느꼈던 수많은 감정 중 가장 강렬했던 감정은 앞서 언급했던 남자처럼 감사함이라기보다는 위태로운 상황에서 느끼는 황홀감이었다.

"8살에 목숨을 잃을 뻔한 뒤, 나는 죽음에 대해 어쩌면 지나칠 정도로 낙관적이 되었다. 어느 시점이 오면 죽을 것이라는 사실을 알았지만 난 무섭지 않았다. 오히려 죽음에 가까운 것이 익숙하게 느껴졌다. 죽었어도 전혀 이상하지 않았을 내가 운 좋게 살았다는 사실이 내 생각을 바꾸어 놓았다. 아직 끝나지 않은 삶은 추가로 얻은 보너스이자 선물 같았고, 이 선물로 내가 하고 싶은 것을 할 수 있었다. 난 죽음에서 빠져나왔을 뿐 아니라 정상적인 생활이 불가능하다는 운명에서도 도망쳤다. 나의 자립성과 보행 능력을 최대한 활용하는 것 말고는 내가 뭘 할 수 있었겠는가?"

임상심리학자 리슬 마버그 굿먼Lisl Marburg

Goodman은 제세동기를 이식했던 두 번째 환자처럼 일부 환자들은 아픔을 통해 언젠가 죽는다는 사실을 깨닫고 순간을 소중히 여길 수 있게 된다고 했다. 마버그 굿먼은 저서 ≪죽음과 창조적 삶Death and the Creative Life≫에서 나이를 태어난 해부터 세지 말고 죽을 것이라 예상되는 연도를 추정하여 남은 해를 거꾸로 세라고 제안하며 '이렇게 하면 우리는 삶과 죽음을 늘 눈앞에 두게 된다'라고 했다.

인생의 짧음을 아는 것이 어떤 선물을 주든, 그 사실을 분명히 인식하면서 살아가기는 쉽지 않다. 그러나 그것을 인식을 하는 순간 사람들은 엄청나게 달라진다.

철학자 하비 카렐Havi Carel은 ≪지금 이 순간을 살기Living in the Present≫라는 장문의 수필에서 치명적인 희귀 폐 질환을 받아들이면서 시간에 대한 자신의 관점이 바뀌었다고 썼다.

"나에게 시간은 이제 예전 같지 않다. 나는 시간을 훨씬 진지하게 받아들이기 시작했으며, 순간의 느낌과 장면을 기억하여 만물을 온전히 즐기려고 노력하기 시작했다. 집 밖이나 침대 밖으로 나갈 수 없을지도 모를 날을 대비하기 위해서이기도 하지만, 즐거운 것들을 제대로 느끼고 제대로 경험하는 데 시간을 썼다고 느끼기 위해서이기도 하다. 나는 현재에 충실한 삶을 살고 있다고, 내가 곧 지금 이 순간이라고 느끼고 싶었다."

      카렐에게 있어 삶이란 강과 같고, 만성 중증질환을 앓으며 사는 삶은 그 강의 곳곳에 격렬한 급류가 있는 것과 같다. 각각의 급류는 병이 진행되고 있는 위기의 상황이지만, 그렇기에 그런 혼란 사이에서 잔잔하게 흐르는 구간이 더욱 더 소중해진다. 우리 몸을 망가뜨릴지도 모를 여러 이유들은 비록 무섭기는 해도 누구에게나 해당하는 어떤 진리를 보여준다. 우리는 언제든 삶을 빼앗길 수 있다는 사실 말이다. 어떻게 보면 회복은 우리의 한계에, 혹은 존재라는 연약한 본질에 우리를 강제로 관여하게 한다는 점에서 죽음과 공통점이 있다. 그렇다면 살 수 있는 동안은 최대한 충실히 살아야 하지 않겠는가?

카렐은 '힘의 회복'이 환희에 찬 경험이었다는 니체의 말을 인용한다. '마치 나 자신과 내 삶을 다시 찾은 듯했다. 누구도 쉽게 맛볼 수 없기에 나는 사소한 것부터 온갖 아름다움을 모두 맛봤다.' 니체는 또 회복에 관해서는 왜 감사한 마음이 가장 크게 드는가에 대해 이렇게 썼다. '뜻밖의 일이 일어난 듯 끊임없이 감사하게 된다. 회복은 예상치 못한 일이었기 때문이다.'

나는 보건의 수련을 시작한 지 얼마 안 됐을 때 한 젊은 여성 환자를 만나게 되었는데, 이 여성은 자전거를 타다가 버스에 치였고 뼈가

한 번에 붙지 않아 1년이 넘는 기간에 걸쳐 수차
례 수술을 받았다. 견디기 어려운 경험이었지만
동시에 그녀는 자신도 몰랐었던 정신력을 발견
하게 되었다. 삶의 우선순위는 바뀌었고, 다치지
않았더라면 결코 알지 못했을 맹렬함과 치열함
으로 삶을 살아가기로 결심했다. 죽음의 문턱까
지 갔다가 제세동기로 다시 살아난 경험을 똑같
이 하고도 그 경험을 정반대로 해석한 두 남성
처럼 우리의 삶은 우리 스스로가 만든다.

　　아나톨 브로야드Anatole Broyard가 자신의 전
립선암에 대해 쓴 책 ≪아픔에 취해Intoxicated by My
Illness≫는 내가 아는 책 중에서 아픔을 받아들이
는 일에 대해 가장 깊이 사색하고 관찰한 책이

다. 그는 이렇게 말한다. '나는 살아갈 날을 내다볼 때, 오후의 긴 낮잠에서 깨어나 저녁이 다 되었다는 사실을 알게 된 사람처럼 느껴진다.' 그는 언젠가 죽는다는 사실을 깨닫게 되었을 때 우울해하기보다 살아갈 시간이 짧음을 느끼며 남은 날들을 웅장함과 아름다움으로 가득 채웠다. '나는 내 삶의 균형이 그랜드 피아노 위에 던져진 아름다운 페이즐리 숄paisley shawl(스코틀랜드 남서부에 있는 도시에서 생산되는 숄—옮긴이)과 같다고 생각한다.' 그는 암 선고를 받았을 때조차 나름대로 반가이 맞아들였다. '암 선고는 강력한 전기충격 같았다. 정신이 번쩍 들더니 나는 전혀 다른 사람이 되어 있었다. 이전의 보잘것없는 모

습들은 전부 사라지고 본질만이 남아 있었다.'

우리가 아픔을 겪음으로써 어떤 선물이나 지혜를 얻는다면, 그것은 분명 건강한 상태를 깊이 감사하는 마음과 건강은 쉽게 잃을 수 있다는 사실을 기억하며 우리가 가진 것에 감사하는 마음일 것이다.

# 마치며

세계보건기구WHO의 설립 헌장에는 '건강'을 '단순히 질병이 없고 허약하지 않은 상태가 아니라 육체적·정신적·사회적으로 완전히 안정된 상태'로 정의하고 있다. 이 정의를 회복의 목표로 정한다면 회복될 수 있는 사람은 아무도 없다. 내가 생각하는 건강은 이렇게까지 까다롭지 않으며, 우리와 더 가까운 곳에 있으리라 희망한다. '건강'은 '온전함'을 뜻하며, 아프고 난 뒤 스스로를 온전한 상태로 다시 만들고 삶의 요소들을 재건하는 데에는 여러 가지 방법이 있다. 회복은 목적지 그 자체이기보다 우리의 인생과 같이 역동적인 것이므로, 정하기 나름인 여행의 방향이라고 생각하면 좋다. 또한 자신의 소망에도 부합하면서 더 존엄하고, 더 너그러워지는 방향으로 나아가는 삶을 살고 있는 사람이라면 이미 회복의 여정에 있다고 볼 수 있다.

재활의학 전문 임상의이자 연구자인 크리스토퍼 와드Christopher Ward 교수는 만성질환을 앓는 환자들에게 그들이 아프지 않았더라면 삶에서 무엇을 놓쳤을지 물어본다. 그는 ≪질병과 건강 사이Between Sickness and Health≫에서 수년에 걸쳐 들은 환자들의 대답은 다양했다고 전한다. 관계가 깊어졌다는 커플들부터 이전에는 생각지도 못한 가능성이 생겼다는 사람들도 있었다. 한 여성은 만성피로를 달고 살면서 깨달은 힘의 가치에 대해 설명하며, 그 힘 덕분에 자신의 회피 성향이 줄어들어 삶에서 마주치는 여러 어려움들에 정면으로 맞설 수 있게 되었다고 증언하기도 했다. 긍정적인 태도가 모든 장애물을 극복할 수 있게 해준다는 생각이 오히려 우리를 힘들게 한다고 주장하는 크리스토퍼는 독자들에게 아픔을 이루는 요소들은 대부분 우리가 바꿀 수 없는 것들로 이루어져 있다는 점을 상기

시켜 준다. 그는 새로운 환자를 대할 때면 가장 먼저 환자가 겪었고 앞으로 겪을 고통에 대해 공감한 다음, 치료의 목표는 꼭 '회복'이 아니라 각자가 잠재력을 발휘하여 최고의 자신이 될 수 있는 '기회'라고 재정의한다. 각자에게 맞는 온전한 자신이 되기 위한 방법을 고심한 그는 라인홀드 니버Reinhold Niebuhr의 평온을 비는 기도를 인용한다.

"제가 바꿀 수 없는 것들을 받아들이는 평온함을 주시고, 제가 바꿀 수 있는 것들을 바꿀 용기를 주시고, 이 두 가지를 구별할 수 있는 지혜를 주소서."

고질적인 육체적·정신적·정서적 고통에서 완전히 벗어나 있는 사람은 없지만, 우리는 회복에 대한 기대를 바꿀 수 있는 힘이 있고, 나는 그 힘으로 아주 힘든 상황 속에서도 희망을 잃지 않는 방법을 찾는 사람들을 봤다. 우리는 질병을 극복할 수 없을지라도 상황을 개선하고 절충된 평화 속에서 질병과 함께 살아가는 방법을 찾을 수 있다.

수술과 DNA 감식, 유전자 치료 등 21세기 의료기술의 발전에도 불구하고 확실하게 치료될 수 있는 질병은 놀라울 정도로 적다. 서양의학은 우리를 곧잘 실망시키기도 하지만 여전히 신체와 신체의 문제에 대한 강력한 접근법으로서 세계 거의 모든 곳에서 어떤 형태로든 채택되었다. 심지어 질병을 정의하고 이름을 붙이는 것만으로도 사람들에게 위안을 주기도 한다. 나는 많은 환자들이 자신에게 고통을 주는 병이 자신과는 별개의 존재라는 사실을 이해하고 그 이름을 듣는 것만으로도 위로를 받고 안심하는 것을 봐 왔다. 질병에 이름을 붙이면 같은 어려움을 겪고 있을 뿐 아니라 그 질병과 함께 살아가는 방법을 찾은 사람들과 만날 수 있고, 그 자체로도 희망의 원천이 되기도 한다.

하지만 여기에는 모순이 있다. 병을 분류하는 것은 우리가 특정 병을 앓고 있다고 정의해버림으로써 그렇게 믿게 만들고 결과적으로 그 병을 계속 앓도록 만든다. 몸과 마음은 사실 역동적이며 계속 변하는 것이다. 인간의 삶이 본래 정적이라는 생각은 착각에 불과하다. 어떤 환자가 내게 "저는 우울증이 있어요"라고 말한다면, 나는 의사로서 그 환자에게 감정은 바뀔 수 있다는 사실을 이해시키고 자신의 마음 상태를 더 희망적으로 바라볼 수 있도록 안내해야 한다. 내 생각에 가장 도움이 되는 방법은 질병분류를 바꿀 수 없는 특정한 운명으로 생각하지 말고 몸과 마음이 들려주는 이야기로 생각하는 것이다. 이야기는 가능한 범위 내에서 다시 쓰일 수 있기 때문이다.

나이를 거꾸로 먹는 사람은 없으니 건강은 결코 최종 목적지가 아니라 사람마다 다른 양극단 사이의 균형이며, 그 균형을 이룰 수 있을지는 해부학과 생리학만큼이나 우리의 목표와 우선순위에 달려있다는 사실을 기억해두면 좋겠다. 의학에서 만병통치약 같은 답은 없다. 이 책을 통해 나는 회복과 요양에 관한 여러 견해를 제시하려 노력했지만 그중에서도 일부만, 그것도 간략하게만 다룰 수 있었던 것 같다. 그래도 이러한 고찰과 경험, 그리고 원칙들이 누군가에게는 도움이 되기를 바란다. 비록 질병의 풍경에서 벗어나는 출구를 알려주지는 못하더라도 최소한 지도에서 현 위치를 알게 해 줄지도 모르니 말이다.

요양을 중요하게 생각하고, 가능하면 요양을 위한 시간을 내고, 공간을 마련하라. 요양은 우리가 관여하고 헌신해야 하는 하나의 행위이자, 노력과 인내와 어느 정도의 우아함이 곁들여진 작품이다. 깨끗하고 조용하고 넓은 공간에 햇빛과 푸르름이 가득한 환경을 조성하라. 치유되는 과정은 뱀 사다리 게임이 아님을 기억하라. 건강을 향해 전진하거나 혹은 후퇴할 때마다 우리에게는 우리를 안내해 줄 주사위 그 이상의 것이 있고, 활동-고갈 사이클이 반복될 때마다 다음번에는 더 현명하게 대처할 수 있는 경험을 얻게 될 것이다. 신체의 새로운 언어를 배우고, 신체가 하는 말을 세심히 들어라. 필요하다면 병가 진단서를 얻되, 신체적 활동의 범위가 너무 좁아지거나 자신감이 떨어지지 않도록 주의하라. 우리는 세상 속에서 활동해야 하는 사회적 존재이며, 일은 그렇게 살아갈 수 있도록 도움을 줄 수 있다. 모든 사람은 어떤 활동이든 해야 한다. 가능하면 안식기를 가지고, 회복하는 데 걸리는 시간에 대해 너무 걱정하지 마라. 회복의 속도는 각자 다르며 다양한 원인에 의해 영향을 받는다. 가능하면 여행을 떠나고, 그럴 수 없다면 다른 사람들의 이야기나 책을 통해 간접 여행을 하라. 주변 환경과 자신의 직업을 잘 살펴보고 그것 때문에 아프다면 바꿔라. 식습관에 대해 생각해 보고 그 식습관이 회복에 도움이 되는지 혹은 그 반대인지 생각해 보라. 건강은 균형이다. 휴식을 취하고 활동을 하되, 둘 다 너무 과해서는 안 된다. 신뢰하는 의사를 찾아라. 의사들과 간호사들이 모두 같을 것이라 기대하지 마라. 의료진 개개인은 모두 달라야 좋다. 의료진도 실수를 할 수 있는 인간이지만, 보통 최선을 다하고 있다. 보호자와 주변 사람들이 필요로 하는 것과 그들의 고충을 기억하라. 자신에게 최고의 의사가 되어라. 약은 치료에 있어서 극히 일부분에 불과하며, 노래 부르기, 걷기, 먹기, 춤추기, 혹은 사랑하는 반려동물을 무릎에 앉혀 놓고 햇살 아래 앉아 있기 등 다른 수많은 치료법이 있다. 짜증나고 답답하고 고통스럽고

굴욕적이어도 아픔은 우리에게 뭔가 가치 있는 것을 알려줄 수 있는 삶의 한 부분이다. 설령 그것이 아픔을 경험하며, 혹은 아픔을 겪는 타인을 보면서 건강의 소중함을 깨닫게 되는 것뿐일지라도 말이다. 의사와 간호사는 정비공보다는 정원사에 가까우며, 봄에 나무를 푸르게 하고 덩이뿌리가 흙을 뚫고 올라오게 하는 바로 그 힘으로 우리 몸도 치유된다. 자신에게 다정해져라. 생각과 기대는 약물과 독약만큼 강력하므로 자신이 누구의 말을 듣고 있는지 잘 살펴보라. 인간은 이야기를 통해 세상을 이해한다. 모든 이야기가 해피엔딩으로 끝나지는 않겠지만, 우리는 각자 자신의 이야기를 써 내려갈 수 있다.

# 감사한 분들

에이브러햄 버기즈Abraham Verghese, 앨런 리틀Allan Little, 앤드류 프랭클린Andrew Franklin, 앤디 엘더 Andy Elder, 아툴 가완디Atul Gawande, 브라이언 딘Brian Dean, 칼럼 모리슨Calum Morrison, 시실리 게이포드 Cecily Gayford, 클라우디아 갈란테Claudia Galante, 콜린 스피트Colin Speight, 데이비드 맥니쉬David McNeish, 에 사 엘더그리Esa Aldegheri, 피오나 라이트Fiona Wright,

플로라 윌리스Flora Willis, 프랜체스카 배리Francesca Barrie, 게일 로빈슨Gail Robinson, 제랄딘 프레이저 Geraldine Fraser, 한나 로스Hannah Ross, 이오나 히스Iona Heath, 이쉬벨 화이트Ishbel White, 아이오나 스토라 렉Iwona Stolarek, 재니스 블래어Janis Blair, 제나 펨버 튼Jenna Pemberton, 제니 브라운Jenny Brown, 짐 갤러거 Jim Gallagher, 진티 프랜시스Jinty Francis, 존 구달John Goodall, 존 머피John Murphy, 존 스톤Jon Stone, 주드 헨더슨Jude Henderson, 줄리 크래이그Julie Craig, 케이 트 에드거Kate Edgar, 린지 맥도날드Lindsey McDonald, 말콤 프레이저Malcolm Fraser, 마이클 스테인Michael Stein, 마이크 퍼거슨Mike Ferguson, 미미 콜리아노 Mimi Cogliano, 니콜라 그레이Nicola Gray, 펄 퍼거슨

Pearl Ferguson, 피터 도워드Peter Dorward, 피터 다이어 Peter Dyer, 레베카 서덜랜드Rebecca Sutherland, 샌디 리 드Sandy Reid, 샤론 로슨Sharon Lawson, 쉬나 맥도날드 Sheena McDonald, 수잔 힐런Susanne Hillen, 수잔 오설리 반Suzanne O'Sullivan, 발렌티나 잔카Valentina Zanca

그리고 인용을 허락해 준 다음 분들에게 특 히 감사드린다: 하비 카렐Havi Carel ≪질병Illness≫ (Routledge, 2013), 제이 그리피스Jay Griffiths ≪조울 중Tristimania≫(Hamish Hamilton, 2016), 존 로너John Launer ≪의사가 되지 않는 법How Not to Be a Doctor≫ (Duckworth, 2018), 매기 오파렐Maggie O'Farrell ≪아이 엠 아이엠 아이엠I Am I Am I Am≫ 중 '소뇌Cerebellum'

(Tinder Press, 2018), 빅토리아 스위트Victoria Sweet ≪신의 호텔God's Hotel≫(Riverhead, 2012), 크리스토퍼 와드Christopher Ward ≪질병과 건강 사이Between Sickness and Health≫(Routledge, 2020).

# 출처

## 2장 병원과 회복

35 '1800년에서 1914년 사이…'와 '1860년에서 1980년 사이 영국 병원의…' Roy Porter, *The Greatest Benefit to Mankind* (London: Fontana, 1999).

36 '환기와 채광, 난방, 청결, 소음을 적절히…' Florence Nightingale, *Notes on Nursing: What it is, and What it is Not* (London: Harrison, 1860).

36 '또한 현대 연구를 통해 밝혀진 권고…' R. S. Ulrich, 'View through a window may influence recovery

from surgery', *Science* 224 (1984), 420–21.

37 '양말과 셔츠, 나이프, 포크, 나무 숟가락…', from *The Greatest Benefit to Mankind*.

39 '오늘날 전 세계인의 평균 수명은…' Ian Goldin and Robert Muggah, *Terra Incognita: 100 Maps to Survive the Next 100 Years* (London:Century, 2020).

## 3장 뱀 사다리 게임

50 '…부상을 입은 후 운동을 서서히…' See Galen, *De Exercitio Per Parvam Pilam* in John Redman Coxe, *The Writings of Hippocrates and Galen. Epitomised from the Original Latin translations* (Philadelphia: Lindsay & Blakiston, 1846).

51 배포된 작은 책자: NHS Lothian Covid Recovery Booklet, 2020, distributed as a PDF to GPs.

## 4장 회복을 위한 허가

56 '의료법에 따라 환자와 협력적으로···' General Medical
   Council, *Good Medical Practice* (London: GMC, 2013,
   updated November 2020).

57 '의사는 끔찍한 심판이지만···'에서 '···순전히 실수로
   과다 청구됐다고 한다.' Adrian Massey, *Sick-Note
   Britain* (London: Hurst, 2019).

68 '개인의 목표나 욕구에 부합하지···' P. B. Lieberman
   and J. S. Strauss, 'The recurrence of mania:
   environmental factors and medical treatment',
   *The American Journal of Psychiatry* 141 (1984), 77–80.

70 '돈을 지급해서 빈곤한 사람의 건강 문제를···' Hellen
   Matthews and John Bain (eds), *Doctors Talking*
   (Edinburgh: Scottish Cultural Press, 1998).

71 '다수의 양심적인 사람들은 병에 걸리는 것···'
   Michael Balint, *The Doctor, His Patient & the Illness*
   (London: Pitman, 1957).

74 '현대에는 편리하고 보장된 생산이···' Bertrand

Russell, 'In Praise of Idleness', *Harper's Magazine*, October 1932.

76 '계속 살아가기 위해서는 삶의…' Rabindranath Tagore, *Glorious Thoughts of Tagore* (Delhi: New Book Society of India, 1965).

77 '해야 할 일을 모두 끝낸 사람이 마음 편히…' Oliver Sacks, 'Sabbath' in *Gratitude* (London: Knopf, 2015).

78 '본래 안식기는 고대 근동 지역의…' Theodore Zeldin, *An Intimate History of Humanity* (London: Vintage, 1994).

## 5장 여행

82 '달라진 공기가 기력을 회복해야…' Cicero, *Tusculan Disputations IV*, trans. J. E. King (Cambridge, MA: Harvard University Press/Loeb Classical Library 141, 1971), 35.

82 '다윈은 삶의 이 보편적 진리가…' Charles Darwin, *On the Origin of Species* (London: John Murray, 1859).

83 '특히 영국에서는 그들이 아플…' Geoffrey Chaucer, Prologue, *The Canterbury Tales* (Harmondsworth: Penguin, 1963).

87 '독서는 휴가이자 힐링이다…' J. R. R. Tolkien, *Tree and Leaf* (London: HarperCollins, 1988).

## 6장 회복 건축학

93 '미들로디언 주…' Lothian Health Archive: https://www.lhsa.lib.ed.ac.uk/exhibits/hosp_hist/astley_ainslie.htm, accessed September 2021.

## 7장 휴식 요법

100 '침대에서 안정을 취하라고…' Virginia Woolf, *Mrs Dalloway* (Oxford: Oxford University Press, 2000).

105 '미첼은 몸에 있는 수백만 개의 죽은 분자가…' Silas

Weir Mitchell, 'Convalescence' in *Doctor and Patient*, (Philadelphia: Lippincott, 1901).

107 '스트레스가 쌓인 남녀 경영자들이…' Anne Stiles, 'Go rest, young man', *Journal of the American Psychological Association* 43 (2012), 32.


## 8장 자연으로 돌아가서

116 '그렇다면 생명이란 무엇인가?…' Thomas Mann, *The Magic Mountain*, trans. H.T. Lowe-Porter (London: Vintage, 1999).

118 '빅토리아는 저서 신의 호텔에서…' Victoria Sweet, *God's Hotel* (New York: Riverhead, 2012).

122 '오늘날 우리에게 남은 요법은…', from *God's Hotel*.


## 9장 이상적인 의사

125 '환자가 어떤 질병을 앓는지보다…' William Osler, in *The Quotable Osler* (Philadelphia: American

College of Physicians, 2008).

127 '저한테 세 가지 문제가 있는데요…' John Launer, *How Not to Be a Doctor* (London: Duckworth, 2018).

130 '즉흥적이면서 직관적으로 이해할 수 있는 능력을…' Donald Winnicott, 'Skin Changes in Relation to Emotional Disorder' (1938) in *The Collected Works of D. W. Winnicott* Volume 8 (Oxford: Oxford University Press, 2017).

132 '의사가 환자의 회복에 대해 확신하는 정도에…' Jay Griffiths, *Tristimania* (London: Hamish Hamilton, 2016).

137 '성 루가도 의사였지 않은가…' Anatole Broyard, *Intoxicated by My Illness* (New York: Ballantine, 1992).

140 '안내자로서의 의사라는 개념은 …' For more on St Basil see Abraham Nussbaum, *The Finest Traditions of My Calling* (New Haven: Yale University Press, 2016).

## 10장 내 이야기 쓰기

146 '퀴케그는 인간이 살고자 마음먹으면…' Herman Melville, *Moby Dick* (New York: Harper, 1851).

146 플라시보 효과: Re. colours of placebos: see for example A. J. M. de Craen et al., 'Effect of colour of drugs: systematic review of perceived effect of drugs and of their effectiveness', *BMJ 313* (1996), 1624–6.

148 '심신증으로 불렸던…' Suzanne O'Sullivan, *It's All in Your Head* (London: Chatto & Windus, 2015).

152 '허몽족은 그들의 동족들이…' Suzanne O'Sullivan, *The Sleeping Beauties* (London: Picador, 2021).

## 11장 간병하는 사람들에 관해

160 '코로나19 사태를 겪으며…' *Unseen and Undervalued – Carers UK Report*, November 2020.

164 '앨런과 시나가 신경심리학자 게일 로빈슨…' Sheena

McDonald, Allan Little and Gail Robinson, *Rebuilding Life after Brain Injury* (Abingdon: Routledge, 2019).

167 '회복되기를 끊임없이 기대하다…' Thomas Kay and Muriel Lezak, chapter 2, 'The nature of head injury', in D. W. Corthell (ed.), *Traumatic Brain Injury and Vocational Rehabilitation* (Menomonie: University of Wisconsin, 1990).

169 '지금 해야 할 일은…' Denise Riley, *Time Lived, Without Its Flow* (London: Picador, 2019).

## 13장 아픔의 보기 드문 장점들

190 '8살에 목숨을 잃을 뻔한 뒤…' Maggie O'Farrell, from 'Cerebellum' in *I Am I Am I Am* (London: Tinder Press, 2018).

192 '이렇게 하면 우리는…' Lisl Marburg Goodman, *Death and the Creative Life* (Harmondsworth: Penguin, 1983).

193 '나에게 시간은…' Havi Carel, *Illness* (Abingdon: Routledge, 2013).

195 '마치 나 자신과 내 삶을…' Friedrich Nietzsche, *Ecce Homo*, trans. R. J. Hollingdale (Harmondsworth: Penguin, 1992).

195 '뜻밖의 일이 일어난 듯…' Friedrich Nietzsche, The *Gay Science*, trans. W. A. Kaufmann (London: Vintage, 1974).

197 '나는 살아갈 날을 내다볼 때…'에서 '…본질만이 남아 있었다.' Anatole Broyard, *Intoxicated by My Illness* (New York: Ballantine, 1992).

**마치며**

203 '…이전에는 생각지도 못한 가능성이…' Christopher Ward, *Between Sickness and Health* (Abingdon: Routledge, 2020).

204 '제가 바꿀 수 없는 것들을 받아들이는…' Reinhold

Niebuhr, 'The Serenity Prayer', for which see, for example, Elisabeth Sifton, *The Serenity Prayer: Faith and Politics in Times of Peace and War* (New York: W. W. Norton, 2005).

# 회복의 기쁨

초판 인쇄  2022년 7월 7일
1 쇄 발 행  2022년 7월 18일

지 은 이  개빈 프랜시스
옮 긴 이  임영신
펴 낸 이  이송준
펴 낸 곳  인간희극
등  록  2005년 1월 11일 제319-2005-2호
주  소  서울특별시 동작구 사당동 1028-22
전  화  02-599-0229
팩  스  0505-599-0230
이 메 일  humancomedy@paran.com

ISBN 978-89-93784-75-6  03840